BLV Garten- und Blumenpraxis

301 Gartenblumen
302 Gartenarbeit richtig gemacht
303 Kakteen und andere Sukkulenten
304 Bonsai
305 Ziergehölze
306 Obstbaumschnitt
307 Obst aus eigenem Garten
308 1×1 der Hydrokultur
309 Blattpflanzen für jede Wohnung
310 Gartengestaltung
311 Gemüseanbau
312 Gestalten mit Blüten und Blumen
313 Steingärten
314 Der gesunde Gartenboden
315 Biologischer Pflanzenschutz
316 Balkon- und Terrassengärten
317 Rosen
318 1×1 des Bio-Gärtnerns
319 Der Garten in den Jahreszeiten
320 Der naturgemäße Kräutergarten
321 Der Heidegarten
322 Gärtnern mit Kindern
323 Orchideen für zu Hause
324 Wassergärten

BLV Garten- und Blumenpraxis

Marie-Luise Kreuter

Biologischer Pflanzenschutz

Naturgemäße Abwehr von Schädlingen und Krankheiten

Zweite, durchgesehene Auflage

BLV Verlagsgesellschaft
München Wien Zürich

CIP-Kurztitelaufnahme der Deutschen Bibliothek

Kreuter, Marie-Luise:
Biologischer Pflanzenschutz: naturgemäße Abwehr
von Schädlingen u. Krankheiten / Marie-Luise Kreuter. –
2., durchges. Aufl. – München; Wien; Zürich:
BLV Verlagsgesellschaft, 1984.
(BLV Garten- und Blumenpraxis; 315)
ISBN 3-405-12711-4

NE: GT

Bildnachweis

Fotos von Werner Dittmer, außer:
Daudt 31 ol, 31 ul, 33 o, 67, 100 o
Eisenreich 14 o, 27 u, 29 M, 29 u, 32 o, 43 u
Eisenreich/Handel 10 u, 30 u
Emca 62 u
Handel 68
Pfau 62 o
Pfletschinger 14 u, 31 or, 31 ur, 33 M, 33 u, 34, 69 u, 99 u
Pott 27 M, 28 or
Reinhard 26, 27 o, 29 o
Reithmeier 13 o, 15, 81 o, 84 ur, 88 o, 95, 96
Stehling 59, 69 o, 70, 78, 79, 89, 102, 117, 119
Wothe 65
Titelfoto: Werner Dittmer

Zeichnungen: Hellmut Hoffmann

BLV Garten- und Blumenpraxis 315

Gesamtherstellung: R. Oldenbourg, München

Printed in Germany · ISBN 3-405-12711-4

Inhalt

Einführung

»Wie kann ich mich im biologischen Garten gegen Schnecken, Läuse oder Kohlweißlinge wehren, ohne den Grundsätzen der naturgemäßen Methode untreu zu werden?« Diese etwas bange Frage beschäftigt viele Gärtner, die guten Willens sind, umweltfreundlich zu handeln, die aber ein wenig Angst vor den Folgen haben.

Oft wird auch ganz geradeheraus gefragt: »Wenn ich auf Gift verzichte, was hilft mir dann in Notsituationen? Gibt es überhaupt zuverlässige biologische Mittel gegen Schädlinge und Pflanzenkrankheiten?«

Auf solche Fragen möchte dieses Buch ganz konkrete Antworten geben. Für Anfänger, für Bio-Gärtner, die die schwierige Phase der Umstellung bewältigen müssen, und für erfahrene Praktiker bietet es eine Fülle von Rezepten und Präparaten auf natürlicher Grundlage an. Alte, bewährte Hausmittel sind darunter ebenso zu finden wie die neuesten Handelsprodukte.

Die Entwicklung schreitet auch auf dem Gebiet des naturgemäßen Gartens voran. Es gibt heute bereits Bio-Präparate, die von der Biologischen Bundesanstalt geprüft und offiziell zugelassen sind. Um so wichtiger ist es, zuverlässige, solide Produkte von solchen zu unterscheiden, die das »Zauberwort Bio« nicht zum Schutz der Natur, sondern zum schnelleren Wachstum ihres Kontos benutzen.

Die Pflanzenschutz-Tabelle und die Übersicht über »käuflichen Bio-Pflanzenschutz« bieten dem Normalverbraucher verläßliche Informationen.

In diesem Buch finden Bio-Gärtner Tips und praktische Ratschläge für alle Notsituationen des Gartenalltags. Ohne lange zu suchen können Sie nachschlagen, was Sie gerade interessiert: Tomatenkrankheiten, Mittel gegen Schneckenplagen oder Pflanzenschutz bei Mehltau. Rezepte, die sonst meist in vielen Fachbüchern verstreut sind, finden Sie hier gesammelt, geordnet und auf einen Blick überschaubar.

Langfristig sorgt ein guter Bio-Gärtner für gesunde Pflanzen auf gesundem Boden. Kurzfristig kann er sich gegen Krankheiten oder Schädlinge im Garten erfolgreich wehren, ohne chemische Gifte einsetzen zu müssen. Dies ist keine Wunschvorstellung weltfremder Gartenträumer, sondern praxiserprobte Realität. Es funktioniert – die Natur ist auch auf Ihrer Seite, wenn Sie mit ihr zusammenarbeiten.

Sie werden dabei nicht allein gelassen. Dieses Buch möchte Ihnen praktische Antworten auf alle Schädlingsfragen geben. Biologischer Pflanzenschutz rettet Ihre Kulturen, ohne daß sie dadurch Schaden erleiden. Wenn Sie die wirksamen natürlichen Mittel benutzen, haben Sie es nicht mehr nötig, mit Kanonen auf Spatzen zu schießen.

Einsicht schützt

Seit sich das Leben auf der Erde entwickelte, gab es immer Starke und Schwache, Untergehende und Überlebende. Aber »Schädlinge« gibt es erst, seit die Menschen seßhaft wurden und vom Boden Besitz ergriffen. Lebewesen, die von den Früchten des Ackers oder des Gartens mitessen wollten, wurden zu »Feinden« erklärt und vertrieben.

Je stärker die Menschheit sich vermehrte, desto härter wurde dieser Konkurrenzkampf. Heute muß eine gewaltig angewachsene Erdbevölkerung von immer weniger Ackerland ernährt werden. Die Folge ist ein regelrechter Kreuzzug gegen alle Lebewesen, die die Ernte verringern, um ihren eigenen Hunger zu stillen.

Wer Schaden anrichtet an den Nahrungspflanzen der Menschen, über den ist das Todesurteil bereits gefällt: Er wird bekämpft, vergiftet, ausgerottet. Dabei gerät meist völlig in Vergessenheit, daß es »Schädlinge« im ökologischen System der Natur gar nicht gibt. »Schädlinge« sind eine höchst egoistische Erfindung der Menschen.

Blattläuse schaden den Rosen, aber sie nützen den Marienkäfern, die für Ausgleich sorgen.

Vom Nutzen der Schädlinge

Alle Lebewesen, von der winzigen Bakterie bis zum Menschen, sind durch ein unsichtbares Netz wechselvoller Beziehungen miteinander verbunden. Nichts ist zufällig oder überflüssig. So spielt auch jeder Schädling eine nützliche Rolle. Besonders deutlich wird dies am Beispiel der Insekten.
In relativ ungestörten Lebensräumen sind diese Tiere einem ausgewogenen Vermehrungsrhythmus unterworfen. Wenn sich in einem Jahr bestimmte Insekten explosionsartig vermehren, dann finden alle natürlichen Feinde einen überreich gedeckten Tisch vor. Die Vögel können zum Beispiel mehr Junge großziehen als gewöhnlich. Auch Marienkäfer, Schlupfwespen und Florfliegen gedeihen prächtig. Sie alle haben nichts Eiligeres zu tun, als den Bestand der Schädlinge

zu verkleinern, um ihre eigenen Nachkommen zu vermehren.
Im folgenden Jahr haben die Nützlinge die Oberhand gewonnen, aber sie finden weniger Nahrung vor und können sich nicht mehr so üppig vermehren wie im Vorjahr. Im dritten Jahr hat sich das Gleichgewicht zwischen »Schädlingen« und »Nützlingen« von selbst eingependelt. Danach beginnt das natürliche Schaukelspiel von neuem.
Überall dort, wo Menschen hart und unbedacht in solche gewachsenen Systeme eingreifen, da verlieren die Schädlinge ihre nützliche Rolle. Wer versucht, die Läuse auszurotten, der entzieht Meisen, Marienkäfern und vielen anderen Tieren die Lebensgrundlage. Damit vertreibt er selbst die zahllosen »Heinzelmännchen«, die ihm hilfreich zur Seite stehen.

Meisen brauchen viele Raupen für ihre Jungen.

Gute Ernten sind auch ohne gewaltsame Eingriffe möglich. Die Natur hilft den Geduldigen.

Vom Standpunkt des Gärtners

Ein Gärtner ist kein Neandertaler, der die wilden Beeren und Wurzeln der Natur mit den Tieren teilt. Er möchte die Früchte seiner Mühen ernten. Er möchte möglichst prächtige Salatköpfe, dicke Tomaten und reichlich Erdbeeren großziehen. Gemüse und Obst aus dem eigenen Garten sollen die Familie gesund ernähren.
Dennoch darf ein kluger Gärtner nie vergessen, daß auch er selbst mit all seinen Bemühungen ein Teil der Natur bleibt. Er darf den großen Zusammenhang nicht aus den Augen verlieren. Wo er eingreift, um seine Kulturpflanzen zu schützen, da sollte er stets behutsam handeln. Die zum Teil hochgezüchteten Gewächse des Gartens brauchen die

Pflege des Menschen. Aber die »Schützenhilfe« des Gärtners darf nicht auf Kosten der Umwelt gehen. Augenmaß, Geduld und gute Beobachtung sind auf die Dauer erfolgreicher als zornige Keulenschläge. Einsicht in die natürlichen Zusammenhänge bewahrt deshalb vor kurzsichtigen Fehlentscheidungen.

Biologische Balance

Wer naturgemäß gärtnert, der kann sich bis zu einem gewissen Grad auf seine Bundesgenossen in der Natur verlassen. Eine ausgewogene ökologische Situation ist der beste Schutz gegen übermäßige Schädlingsvermehrung. Wo diese biologische Balance aus dem Gleichgewicht gerät, da können winzige Tiere plötzlich unerwartete Stärke beweisen. So wurde die Rote Spinne erst in dem Augenblick zum gefürchteten Schädling, als der Mensch mit der Giftspritze eingriff. Eine nützliche Raubmilbenart, die sie bis dahin kurzgehalten hatte, wurde bei der Schädlingsbekämpfung ausgerottet. Ungewollte Folge: Die Rote Spinne konnte sich ungehindert vermehren.

Andere Insekten bilden im Lauf der Verfolgung besonders widerstandsfähige, resistente Rassen. Ihre »Bekämpfung« wird dadurch immer schwieriger.

Ein Bio-Gärtner sollte deshalb immer zuerst alle positiven Maßnahmen ergreifen, die die Wechselbeziehungen in der Natur stärken und fördern. Dazu gehören zum Beispiel der Schutz der Nützlinge und vielseitige Pflanzengemeinschaften. So stabilisiert er das biologische Gleichgewicht auch im begrenzten Lebensraum seines Gartens. Eingriffe sind dann nur noch selten nötig. Dabei heißt die Devise niemals: Schädlinge werden ausgerottet. Sie sollen nur in Grenzen gehalten, in ihre Schranken verwiesen werden. Einen kleinen Tribut an das allgemeine Leben muß auch der Gärtner zahlen. Im biologischen Garten gibt es deshalb keine Schädlingsbekämpfung, sondern nur Schädlingsabwehr.

Zum »bunten Leben« gehören Schmetterlinge.

Wer schadet den Pflanzen

Wer kranken Pflanzen helfen möchte, der muß zunächst die richtige Diagnose stellen können. Lernen Sie also Ihre Widersacher kennen – dann können Sie sie besser einschätzen und sich viel sicherer gegen sie wehren.

Schädliche Tiere

Meist sind es krabbelnde oder fliegende Kleintiere, die dem Gärtner und seinen Pflanzen zu schaffen machen. Davon gibt es einige hunderttausend Arten auf der Welt. Da sie aber alle auch eine positive Funktion im großen ökologischen Netz erfüllen, muß der Bio-Gärtner Nutzen und Schaden stets sorgfältig gegeneinander abwägen.

Insekten
Zu dieser umfangreichen, weitverbreiteten Gruppe gehören Läuse, Wanzen, Fliegen, Falter, Motten,

Der Engerling (Maikäferlarve) wurde selten.

Grüne Blattläuse an einer Berberitze.

Wespen, Mücken, Käfer, Ameisen und viele andere. Insekten durchlaufen in ihrem Leben oft verschiedene Entwicklungsstadien: Als Larven, Raupen oder Maden gehen sie gleichfalls eine Zeitlang auf Nahrungssuche. Aber gerade unter diesen Tieren gibt es einige sehr nützliche Arten, die als ewig hungrige Larven große Mengen Blattläuse verspeisen.
Die verschiedenen Insekten schädigen die Kulturpflanzen, indem sie Blätter, Blüten, Stengel oder Wurzeln anfressen oder aussaugen. Dabei übertragen sie manchmal auch Viruskrankheiten.

Milben
Die winzig kleinen 0,1–0,5 mm großen Milben, die meist nur mit einem Vergrößerungsglas erkennbar sind, gehören zu den Spinnentieren. Darunter gibt es zahlreiche Raubmilbenarten, die eine nützliche Rolle

Bohnenspinnmilbe an der Blattunterseite.

spielen und die Schadmilben in Grenzen halten. Die Gefährdung ist im Garten nicht allzu groß. Milben saugen Saft aus den Blättern der Pflanzen, so daß diese gelb werden und absterben.
Weit verbreitet ist inzwischen nur die Rote Spinne, die Obstbäume heimsucht. Die Kräuselmilbe befällt Pfirsiche, Erdbeeren und Weinreben. Die Bohnenspinnmilbe findet sich auf Gemüsebeeten. Giftspritzungen treffen meist die nützlichen Raubmilben härter als die Schadmilben. Solche Eingriffe stören die biologische Balance und vergrößern dadurch die Gefahr.

Nematoden
Diese winzigen Fadenwürmer werden auch Älchen genannt. Sie leben im Boden und dringen dort in Wurzeln oder Stengel ein. Diese Pflanzenteile sterben dann ab. Besonders gefährdet sind Phlox, Chrysanthemen, Tomaten, Kartoffeln und Erdbeeren.
Es gibt auch sehr nützliche Nematodenarten, die bei der Humusbildung eine wichtige Rolle spielen.

Weichtiere
Die weichhäutigen, schleimfeuchten Schnecken kennt jeder Gärtner. Von der großen Roten Wegschnecke über die Gehäuseschnekken bis zu den kleinen, grauen Nacktschnecken gehören sie zu den gefräßigsten Tieren im Garten.

Die braune Wegschnecke liebt feuchtes Wetter.

Schnecken fressen vor allem junge zarte Aussaaten. Ganz besonders lieben sie Salat, Dahlien und Tagetes.

Wildlebende Säugetiere
Hasen, Kaninchen, Wühlmäuse, Mäuse und Ratten tauchen vor al-

Wer schadet den Pflanzen

Eine Wühlmaus schaut aus ihrem Gang.

lem dort als Schädlinge auf, wo der Garten an Wiesen, Wald oder unbebaute Grundstücke grenzt. Kaninchen knabbern gern junges Gemüse oder zarte Nelken und Stiefmütterchen ab. Wirklich große Schäden können Wühlmäuse anrichten. Sie fressen Wurzeln, Rinde, Gemüse und Erdbeeren. Selbst größere Obstbäume können sie »umbringen«.

Pilze

Pilze gehören zu den niederen Pflanzenformen, die ohne Blattgrün (Chlorophyll) leben. Die feinen Pilzfäden (Mycel) dringen in verschiedene Pflanzenteile ein und ernähren sich von ihrem »Wirt«.
Manche Pflanzen bilden mit bestimmten Pilzen eine gut funktionierende Lebensgemeinschaft (Symbiose), von der beide profitieren. Auch im Boden spielen verschiedene Pilzarten eine außerordentlich nützliche Rolle bei der Humusbildung.
Schadpilze entwickeln sich vor allem oberirdisch an Blättern und Früchten der Pflanzen. Sie dringen in das Gewebe ein und zerstören die Leitbahnen. Feuchtigkeit und stickige Wärme bieten den Pilzsporen besonders günstige Vermehrungsbedingungen. Weiches Pflanzengewebe, das durch übertriebene

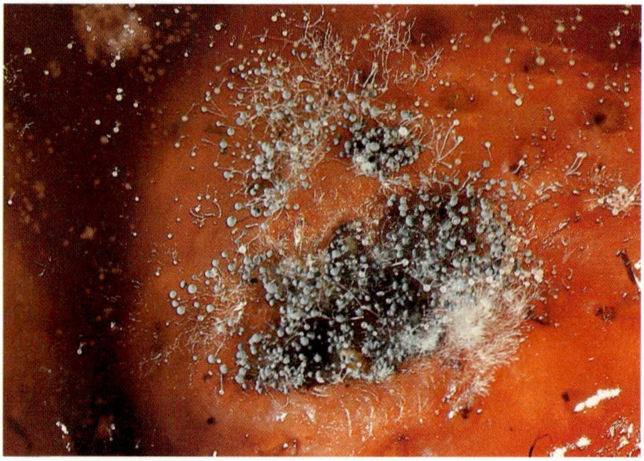

Wuchernder Grauschimmel an einer Erdbeere. (vergrößert)

Stickstoffdüngung entsteht, ist besonders gefährdet.
Zu den im Garten verbreiteten Pilzkrankheiten gehört der Echte Mehltau, der als weißer Belag auf den Blättern erscheint. Rosen, Obstbäume und Gurken sind besonders gefährdet. Rosterkrankungen zeigen sich durch »rostige« Flecken auf Rosen-, Bohnen- oder Johannisbeerblättern. Grauschimmel an Erdbeeren, Kraut- und Knollenfäule an Kartoffeln und Tomaten zählen ebenfalls zu den Pilzkrankheiten.

Bakterien und Viren

Zu den winzigsten Lebewesen, die nur unter dem Elektronenmikroskop sichtbar werden, gehören die Bakterien. Innerhalb des Bodenlebens spielen sie eine wichtige, außerordentlich nützliche Rolle. Für Menschen und Pflanzen gehören bestimmte Bakterien zu den Krankheitsüberträgern. Die Stengelfäule bei Kartoffeln und Mais und der Feuerbrand am Birnbaum zählen zu den Bakterienkrankheiten.
Virusinfektionen zeigen sich oft als Mißbildungen, »gelbsüchtige« Blätter oder mosaikartige Flecken. Viren wuchern in den Zellen der Pflanzen. Gegen beide Krankheitserreger gibt es keine wirksamen Spritzmittel.

Dies sind die großen Gruppen der schädlichen »Mitesser« oder gefährlichen Krankheitserreger, mit denen wir es im Garten zu tun haben. In den folgenden Kapiteln finden Sie vor allem eine Fülle vorbeugender, biologischer Maßnahmen; sie errichten so etwas wie einen unsichtbaren Schutzwall, der das Eindringen der »Feinde« verhindern soll.
Wenn es trotzdem »einmal brennt«, dann helfen natürliche Spritzbrühen, Kräuter-Tees, Stäubemittel, Fallen und viele andere Bio-Tips.
Den »Steckbrief« der einzelnen Schädlinge finden Sie in der Tabelle auf Seite 103. Diese Übersicht soll Ihnen das Erkennen der Krankheiten, die Diagnose und die Wahl des richtigen »Heilmittels« erleichtern.

Bohnen-Mosaikvirus an einem Buschbohnenblatt.

Vorbeugen ist bio-logisch

Gesunde Pflanzen auf gesundem Boden

Pflanzen, die in gepflegtem, nährstoffreichem Humus groß werden, gedeihen kräftig und gesund. Ihr Wachstum entwickelt sich harmonisch; sie besitzen natürliche Widerstandskräfte gegenüber Schädlingen und Krankheiten.

Dies ist einer der wichtigsten Grundsätze des naturgemäßen Gartens: Gesunde Pflanzen wachsen auf gesundem Boden. Es ergeht ihnen dabei ähnlich wie einem Menschen, der sich ausgewogen ernährt, vernünftig kleidet und an der frischen Luft abhärtet: Ein solcher Mensch ist zum Beispiel gegenüber Erkältungskrankheiten sehr widerstandsfähig. Wenn alle Welt hustet, wenn die Kollegen mit Grippe im Bett liegen, bleibt er gesund. Sein körperliches Abwehrsystem ist stark genug, um mit den überall »herumschwirrenden« Krankheitserregern fertig zu werden.

Im naturgemäßen Garten gehört deshalb die Humuspflege zu den wichtigsten, vorbeugenden Maßnahmen gegen Krankheiten und Schädlinge. Lockere, nährstoffreiche, feuchte Erde ist die Grundlage von Fruchtbarkeit und Gesundheit.

So gesund gedeiht Gemüse in einem Gartenboden, der ständig naturgemäß gepflegt wird.

Vorbeugen ist bio-logisch

Um diesen Idealzustand von Boden und Pflanzenleben zu erreichen, stellen Bio-Gärtner Kompost her. Kein naturgemäßer Garten kann auf die Dauer ohne die regelmäßige Versorgung mit dieser »Supererde« funktionieren. Kompost erneuert und vermehrt die Humusschicht. Er sorgt für ständigen Nachschub von Nährstoffen und Spurenelementen. Vor allem aber belebt er die Gartenerde mit Mikroorganismen und kleinen Bodentieren, die für den Aufbau von Humus unentbehrlich sind.
Die Methoden der Kompostherstellung sind inzwischen so sehr verbessert und weiterentwickelt worden, daß es jedem Gärtner möglich ist, seine organischen Abfälle wieder in Erde zu verwandeln. In Mieten, Silos oder Spezialsäcken entsteht Komposterde innerhalb von 5–9 Monaten. Für jede Gartengröße gibt es also eine passende Kompostierungsmethode.
Der Kompostplatz ist nicht nur das Herzstück jedes Bio-Gartens, er ist auch der Beginn jeder naturgemäßen Krankheits-Abwehr.
Zur Bodenpflege gehört auch die Abdeckung mit Mulchmaterial. Die Erde sollte in einem biologischen Garten niemals nackt und schutzlos den Elementen ausgeliefert sein. Sonne und Wind trocknen sie aus. Heftige Regengüsse zerschlagen die lockere Krümelstruktur.
Wo der Boden ständig mit einer luftigen Schicht aus organischem Material zugedeckt wird, da bleibt die

Eine Handvoll Humus wimmelt von fruchtbarem Leben. Er ist die Grundlage gesunden Pflanzenwachstums. Ein gepflegter Kompostplatz ist deshalb das Herzstück jedes Bio-Gartens.

Vorbeugen ist bio-logisch

Mulchbeispiele: Gras und zerkleinerte Zweige.

Erde stets locker, feucht und warm. Die Bodenlebewesen der Humusschicht fressen diese zerfallenden Substanzen langsam auf und wandeln sie in Erde um. So wächst ständig neuer, nährstoffreicher Humus nach. Die Mulchdecke ist im Grunde eine einfache Kompostierungsmethode an Ort und Stelle. Zur Bodenabdeckung eignen sich unter anderem Grasschnitt, Laub, kleingeschnittenes Unkraut, abgemähte Gründüngungspflanzen und grober Kompost.

Die regelmäßige Versorgung mit Kompost bedeutet für den Bio-Garten eine harmonische Grunddüngung. Zusätzliche Nährstoffe sollten nur gezielt dort eingesetzt werden, wo sie wirklich gebraucht werden. Sehr magere oder ausgelaugte Böden benötigen eine Zeitlang Düngernachschub. Auch starkzehrende Gemüsepflanzen oder Blumen, die eine besonders üppige Blütenfülle entwickeln, sind für zusätzliches »Kraftfutter« dankbar.

Für solche Zwecke werden im naturgemäßen Garten organische Dünger verwendet. Dazu gehören zum Beispiel: Frischer oder getrockneter Tiermist, Horn-Blut-Knochenmehl, Holzasche, Brennessel-Jauche und Gründüngungspflanzen.

Wichtig für die Gesundheit der Pflanzen ist eine harmonische Mischung der Hauptnährstoffe, die das Wachstum fördern, aber nicht zu heftig antreiben. Eine starke, einseitige Stickstoffdüngung erzeugt zum Beispiel weiches, wasserreiches Gewebe. Solche Pflanzen sind besonders anfällig für Schädlinge. Läuse bevorzugen schwammige, kränkliche Blätter, während sie um festes, starkes Pflanzengewebe oft einen Bogen machen.

Die Gefahr der Überdüngung ist bei synthetischen Salzen, die sich rasch auflösen und sofort von den Pflanzen aufgenommen werden, größer. Viele organische Dünger dagegen durchlaufen im Boden zuerst einen Umsetzungsprozeß. Erst danach stehen sie den Wurzeln als pflanzengerechte »Nährbrühe« zur Verfügung. Diese Art der Nahrung bleibt in der Erde längere Zeit als Vorrat gelagert. Die Pflanzen können sich nach Bedarf bedienen. Sie »überfressen« sich nicht.

Dennoch kann man auch mit einigen Naturdüngern des Guten zuviel tun und dadurch geiles Wachstum erzeugen. Diese Gefahr besteht zum Beispiel bei hitzigen, rasch wirkenden Geflügeldüngern.

Merken Sie sich als Grundsatz: Gesunde Pflanzen sollen keinen ,,Wohlstandsbauch« haben. Eine ausreichende, harmonische Ernährung ist besser als Völlerei. Bei sinnvoller Anwendung legen Kompost, Mulchdecken und vernünftige Ernährung die Grundlagen für ein gesundes, kräftiges Pflanzenwachstum.

Strohmulch an Erdbeeren hält den Boden gesund und die Früchte sauber.

Gesunde Flüssigdüngung mit Brennesseljauche.

Vorbeugen ist bio-logisch

Gute Nachbarschaft macht stark

Einen wichtigen Einfluß auf die Gesundheit der Pflanzen üben auch die richtigen Nachbarschaftsverhältnisse aus. Es gibt Gemüsearten, die sich »nicht grün« sind. Sie gedeihen kümmerlich oder kränkeln, wenn sie dicht nebeneinandergesetzt werden. Andere Pflanzen üben einen positiven Einfluß aufeinander aus. Sie fördern sich gegenseitig im Wachstum, steigern das Aroma oder halten sich sogar Schädlinge »vom Leib«.

Das Wissen von den guten oder schlechten Nachbarschaften der Gartenpflanzen beruht auf jahrzehntelangen Beobachtungen biologischer Gärtner. Erste wissenschaftliche Untersuchungen zeigen, daß wahrscheinlich Wurzelausscheidungen und Düfte eine wichtige Rolle spielen bei den Einflüssen, die Gemüse, Obst und Blumen aufeinander ausüben. Auf diesem interessanten Gebiet ist noch viel Raum für neue Beobachtungen und Experimente.

Die Erfahrungen mit den günstigen Nachbarschaftsverhältnissen der Pflanzen werden in den Mischkulturen praktisch angewendet. Diese Methode haben biologische Gärtner der Natur abgeschaut: In der freien

Zwiebeln und Möhren bilden eine klassische Mischkultur, die Schädlinge abwehrt.

Frühlingsmischkultur mit Kohlrabi, Salat und Radieschen, die auch Anfängern gut gelingt.

Landschaft finden sich stets von selbst bestimmte Pflanzengemeinschaften zusammen; sie sind den Lebensbedingungen ihres Standortes angepaßt und ergänzen sich untereinander gut. So entsteht im Wald oder am Wiesenrand eine lebensstarke grüne Nachbarschaft. Im Garten muß der Mensch diese Auswahl treffen. Je besser die Kulturpflanzen zueinander passen, desto gesünder entwickeln sie sich auch. Auf einem Gemüsebeet sollen sich die verschiedenen Arten sowohl ober- als auch unterirdisch gut ergänzen. Weder im Wurzelraum noch mit den Blättern dürfen sie sich bedrängen.

Geschickt angelegte Mischkulturen profitieren – ähnlich wie in der Natur – von den Vorteilen einer harmonischen Gemeinschaft: Sie bilden mit der Zeit eine dichte grüne Decke über dem Beet. Dadurch entsteht die »pflanzenfreundliche« Schattengare. Der Boden bleibt länger feucht, locker und warm. Wenn zusätzlich zwischen den Reihen gemulcht wird, dann braucht der Bio-Gärtner im Sommer weniger zu gießen und zu hacken. Auch das Unkraut wird unterdrückt. Die Pflanzen gedeihen auf solchen Beeten besonders üppig und gesund.
Zur vorbeugenden Schädlings- und Krankheitsabwehr sollten Sie sich

Je abwechslungsreicher die Mischkultur , desto geringer die Gefahr von Schädlingen.

außer den allgemeinen Grundsätzen der Mischkultur einige besonders günstige Kombinationen merken.

Gute Nachbarschaften

Salat – Kohlrabi – Radieschen – Kresse
Karotten (frühe) – Zwiebeln Möhren (späte) – Lauch
Erdbeeren – Zwiebeln Erdbeeren – Knoblauch
Tomaten – Kohl Tomaten – Sellerie Tomaten – Petersilie
Buschbohnen – Kohl Buschbohnen – Rote Bete
Erbsen – Gurken Erbsen – Salat
Kartoffeln – Kohl Kartoffeln – Spinat

Einige Pflanzen verhalten sich untereinander neutral. Nur wenige Gewächse »ärgern sich krank«, wenn sie auf engem Raum miteinander leben müssen. Diese negativen Beispiele sollten Sie sich einprägen, um ungesunde Folgen zu vermeiden.

Schlechte Nachbarschaften

Bohnen – Erbsen Buschbohnen – Zwiebeln
Kohl – Zwiebeln Kohl – Senfsaat Kohl – Erdbeeren
Tomaten – Fenchel Tomaten – Kartoffeln Tomaten – Erbsen
Kartoffeln – Sellerie Kartoffeln – Sonnenblumen

Mit Hilfe einiger Pflanzenkombinationen können Sie auch direkt etwas gegen Schädlinge oder Krankheiten unternehmen (s. S. 35–40).

Vorbeugen ist bio-logisch

Die richtige Pflanze am richtigen Platz

Die stillen Geschöpfe des Pflanzenreiches können sich weder bewegen noch beklagen. Sie sind darauf angewiesen, daß der Gärtner ihre Wurzeln an einem günstigen Platz in die Erde senkt. Er sollte sich dabei stets bewußt sein, daß der Entschluß, eine Rose an diesen oder einen Johannisbeerstrauch an jenen Standort zu pflanzen, Folgen durch gesundes oder kümmerliches Wachstum zeigen wird.
So werden sonnenhungrige Gewächse in dunklen, engen Gartenecken immer kränkeln. Die meisten Schädlinge aber sind Schwächeparasiten, die an »unterentwickelten« Blättern mühelos Angriffsflächen entdecken.
Versuchen Sie also immer, die richtige Pflanze an den richtigen Platz zu setzen. Achten Sie darauf, ob sie Sonne oder Schatten, Trockenheit oder Feuchtigkeit liebt. Auch durch die Wahl widerstandsfähiger, krankheitsresistenter Sorten beugt ein Gärtner bereits manchem Übel vor. Das Klima und die Bodenverhältnisse Ihres Gartens üben einen Einfluß auf das Wachstum aus, dem sie nicht entgehen können. Deshalb ist es klüger, nur solche Pflanzen anzu-

Oben: Pflanzengemeinschaft am Wegrand.
Unten: Fingerhüte lieben den Halbschatten.

Vorbeugen ist bio-logisch

siedeln, die unter den örtlichen Verhältnissen am besten gedeihen.
In rauhen Landschaften mit langen, kalten Wintern sollten Sie zum Beispiel lieber auf empfindliche Hochstammrosen verzichten. Robuste Strauch- oder Polyantharosen bereiten Ihnen hier dauerhaftere Freude. Sie wachsen unkomplizierter und gesünder. Apfelbäume gedeihen in feuchten Lagen gut; an trockenen Südhängen sind sie dagegen krankheitsanfällig. Die meisten Gewürzpflanzen bleiben von Schädlingen unberührt, wenn sie an sonnigen, trockenen Standorten stehen. Diese Beispiele sollen Ihnen als Anregung dienen. Ähnliche Überlegungen müssen Sie bei jeder Pflanze beachten.
Die vorbeugenden Maßnahmen zur Schädlingsabwehr im biologischen Garten beruhen zum größten Teil auf guter Naturbeobachtung. Es sind positive Handlungen, die auch positive Folgen nach sich ziehen. Negativ – mit Gewalt – kann ein Gärtner eigentlich nur dann reagieren, wenn er die Situation nicht durchschaut oder wenn er selber schwere Fehler gemacht hat. Beugen Sie also rechtzeitig und friedlich möglichen Schäden vor – dann haben Sie es nicht nötig, später zornig zurückzuschlagen.

Iris brauchen viel Sonne. Wie zahlreiche andere Prachtstauden entfalten sie nur am richtigen Standort ihre volle Schönheit.

Natürliche Bundesgenossen

Tiere, die dem Gärtner helfen

Wenn Sie in Ihrem Garten mit der Natur zusammenarbeiten möchten, dann müssen Sie Einblick gewinnen in die vielfältigen Wechselbeziehungen, die das ökologische Netz bilden. Überall herrscht das Gesetz von »Fressen und Gefressenwerden«. Nur dort, wo die biologische Balance durch einseitige Eingriffe gestört wurde, nehmen die »Fresser« überhand.
Als guter Bio-Gärtner sollten Sie Ihre natürlichen Bundesgenossen unter den Tieren genau kennen. Denn nur, wenn Sie sie von »Schädlingen« unterscheiden, können Sie die »Nützlinge« schützen und vor unbedachter Verfolgung bewahren. Unter den »natürlichen Feinden« von Läusen, Schnecken oder Milben gibt es viele Tiere, die die Menschen als häßlich oder eklig empfinden. Nur allzu oft werden Kröten, Spitzmäuse oder Ohrwürmer in einer solchen gefühlsmäßigen Abwehrreaktion erschlagen. Der Gärtner bringt sich damit selbst um wichtige, kostenlos tätige Mitarbeiter. Wenn Sie diese Tiere näher kennenlernen, werden Sie sie auch achten und als Geschöpfe akzeptieren, die das Leben in Ihrem Garten lebendiger, reicher und gesünder machen. Dabei sollen Ihnen die folgenden kurzen Porträts helfen. Beachten Sie vor allem die Abbildungen der oft unbekannten Larven!

Nützliche Säugetiere

Igel Die Igel sind bei den meisten Menschen beliebt. Bei Gefahr rollen sie sich zu unangreifbaren Stachelkugeln zusammen. Nachts geht die ganze Igelfamilie auf Jagd. Sie fangen Schnecken, Engerlinge, Würmer, Raupen, Mäuse und kleine Schlangen. Ein paar Äpfel oder Erdbeeren sollten Sie ihnen dafür zum Nachtisch gönnen.

Der Igel ist ein Freund des Gärtners.

Igel können Sie mit ein wenig Glück im Garten heimisch machen, wenn Sie in einer ungestörten Ecke, möglichst unter Sträuchern, Laub und Äste liegenlassen. In einem solchen Hügel können die Stacheltiere ihren Winterschlaf halten und ein Nest für die Jungen bauen.
Schneckenkorn und giftige Insektizide gefährden die Igel!

Maulwürfe Die halbblinden Wühler mit dem samtigen, schwarzen oder graubraunen Fell und den schaufelartigen Grabepfoten sind sehr nütz-

lich. Die Maulwurfshügel können zwar lästig werden im Rasen und vor allem im Gemüsebeet; dies ist aber kein Grund, die Tiere zu töten. Notfalls können Sie die Maulwürfe aus dem Garten vergraulen, indem Sie petroleumgetränkte Lappen in die Gänge legen. In Spezialfallen können Sie die Tiere unversehrt fangen und »ausquartieren«.
Maulwürfe fressen Würmer, Insekten, Larven, Puppen, Engerlinge und Nacktschnecken. Sie räumen sogar Wühlmausnester aus! Ihr Nahrungsbedarf ist groß, weil sie täglich so viel fressen müssen, wie sie selber wiegen.

Selten kommt der Maulwurf aus dem Dunkel.

Spitzmäuse vertilgen zahllose Schädlinge.

Spitzmäuse Diese »häßlichen« Mäuse verdienen die Achtung des Gärtners. Sie erkennen die Tiere an einem spitzen, langgezogenen Rüsselschnäuzchen und an einem kurzen Schwanz. Katzen beißen sie tot, lassen sie dann aber wegen ihres unangenehmen Moschusgeruchs liegen.
Spitzmäuse richten keinerlei Schäden an den Pflanzen an. Sie graben auch keine Gänge, sondern leben in Erdlöchern und anderen natürlichen Verstecken. Nachts fangen sie große Mengen Schnecken, Insekten und Larven.

Nützliche Vögel
Die gefiederten Mitbewohner unserer Gärten haben es größtenteils leicht, die Herzen der Menschen zu gewinnen. Sie sehen hübsch aus und erfreuen ihre Umgebung mit Gesängen und fröhlichem Gezwitscher.
Nur Amseln, Stare und Spatzen be-

reiten manchmal im Garten Ärger, wenn sie Beete aufscharren und kleine Pflanzen oder Samenkörner herauszupfen. Diese Vögel, die sich in unserer zivilisierten Welt massenhaft vermehrt haben, sind auch in der Lage, ganze Kirschbäume zu plündern.
Gegen solche Schäden kann sich ein Bio-Gärtner aber wehren, ohne die Tiere umzubringen. Vogelschutznetze und blinkende Alustreifen hindern sie zum Beispiel daran, die Obsternte für sich allein zu beanspruchen.
Im übrigen sind alle Vögel, auch diese von der Umwelt etwas verdorbenen »Halbstarken«, sehr nützliche Schädlingsvertilger. Sie fangen Würmer, Raupen und Insekten. Einige fressen auch Unkrautsamen. Vor allem während der Brutzeit sind die Vögel unermüdlich auf Nahrungssuche unterwegs. Ein Meisenpärchen schleppt zum Beispiel in einem Sommer kiloweise Raupen ins Nest. Zu den Freunden des Gärtners gehören auch Rotkehlchen, Rotschwänzchen, Finken, Zaunkönige, Baumläufer, Kleiber und viele andere.
Vögel können Sie im Garten heimisch machen. Dann richten sie dort auch ihr »Jagdrevier« ein. Für die Höhlenbrüter, wie Meisen und Rotschwänzchen, hängen Sie Nistkästen auf. Die Fluglöcher sollen immer nach Südosten gerichtet sein. Vor dem Frühling müssen die Kästen regelmäßig gereinigt werden.

Gefiederte Schädlingsjäger (von oben nach unten): Zaunkönig, Rotkehlchen und Gartenrotschwanz.

Feuerdorn eignet sich für Vogelschutzhecken.

Nistkästen locken die Vögel in den Garten.

Schutz und Nahrung bietet die Heckenrose.

Für die freibrütenden Vögel, wie zum Beispiel Rotkehlchen, Finken und Zaunkönige, sollten im naturgemäßen Garten möglichst ungestörte Hecken gepflanzt werden. Dazu eignen sich unter anderem Weißdorn, Strauchrosen, Berberitzen, Kornelkirschen und viele blühende Ziersträucher. Darunter bleiben Laub und Zweige liegen.

Vogeltränken und Futterplätze im Winter helfen ebenfalls mit, gute Lebensbedingungen für die Vögel im Garten zu schaffen.

Idealer Lebensraum: die Weißdornhecke.

Tränken und Badeplätze sind wichtig.

Nützliche Kriechtiere

Blindschleichen   Die graubraunen, schlangenförmigen Tiere gehören nicht zu den Schlangen, sondern zu den Echsen. Gärtner sollten sich nicht vor ihnen fürchten, denn Blindschleichen tun niemand etwas zuleide. Sie lieben feuchtes Gelände und fangen nachts Nacktschnecken, Würmer und Insekten.

Zauneidechsen   Diese bekannten kleinen Echsen leben an trockenen, warmen Stellen. Sie lieben alte Mauern. Auf dem Rücken tragen Eidechsen ein geflecktes Band. Im Frühling prunken die Männchen mit leuchtend grünen Flanken. Die Weibchen legen Eier in die Erde. Schützen Sie sowohl die Eidechsen als auch die Gelege. Die Tiere fressen Nacktschnecken, Insekten, Raupen und Würmer.

Nützliche Lurche

Erdkröten und Grasfrösche   Die braungefärbte Erdkröte ist mit Warzen bedeckt. Sie besitzt ausdrucksvolle Goldaugen. Den Grasfrosch erkennen Sie am bräunlichen Rükken und am hellen Bauch. Beide Tiere brauchen Wasser zum Laichen und feuchte Ufer, möglichst mit Sumpfpflanzen, zwischen denen sie sich verstecken können.

Diese Gartenhelfer sollten Sie unbedingt kennen! Die harmlose Blindschleiche, die Eidechse und die Erdkröte.

Ein Wasserbecken mit dichter Uferbepflanzung bietet Lebensraum für zahlreiche Tiere.

Auch der Grasfrosch lebt am Gartenteich.

Leider ekeln sich viele Menschen vor diesen Lurchen mit der feuchten, warzigen Haut. Bio-Gärtner sollten deshalb für Verständnis werben. Wer die Tiere in Ruhe beobachtet, der wird sicher auch ihre interessanten und schönen Seiten entdecken. Ein kleiner Teich oder ein »Feuchtgebiet« im Garten bieten dazu Gelegenheit.
Erdkröten und Grasfrösche räumen unter den Nacktschnecken auf und fressen Würmer und Insekten. Die »Nackthäuter« sind sehr empfindlich gegenüber Giftspritzungen!

Natürliche Bundesgenossen

Nützliche Insekten

Florfliegen Diese durchsichtig geflügelten Schönheiten bezaubern durch goldene Märchenaugen. Die Tiere werden auch Blattlauslöwen oder Goldaugen genannt. Sie ernähren sich von Honigtau und Wasser.

Die Larven der Florfliegen sind dagegen gefräßige Räuber. Sie schlüpfen aus Eiern, die an Stielen unter Blättern und Ästen befestigt sind. Eine einzige Florfliegenlarve frißt 200–500 Schädlinge. Dazu gehören Blattläuse, Spinnmilben, Schild- und Blutläuse. Erwachsene Florfliegen überwintern in Speichern oder Gartenhäuschen!

Gestielte Eier und Larven der Florfliege zwischen Blattläusen; rechts das zarte Insekt.

Marienkäfer Außer den roten Käfern mit den schwarzen Punkten gibt es aber auch gelbe und andersfarbige Arten. Die Larven sind graublau gefärbt und gelb gepunktet. Die erwachsenen Käfer und ihre Larven verzehren große Mengen Blattläuse. Wer mit Gift gegen die Läuse vorgeht, der trifft auch die nützlichen Marienkäfer.

Ein Marienkäfer räumt unter Blattläusen auf; rechts die Larve des Käfers beim Fressen.

Natürliche Bundesgenossen

Ein typischer Laufkäfer mit langen Beinen.

Laufkäfer Goldlaufkäfer, Gartenläufer und Puppenräuber gehören in diese Gruppe.
Sie erkennen sie an langen kräftigen Beinen und festen Flügeldekken, die bei einigen Arten grünlich oder goldfarbig schimmern.
Die Käfer und ihre Larven jagen Puppen, Raupen und Schnecken.

Ohrwürmer Die braunen Ohrwürmer kneifen mit ihren kleinen Zangen niemals in Menschenohren!

So sieht ein »Ohrwurm-Bungalow« aus.

Kein Gärtner braucht sich vor ihnen zu fürchten. Im Gegenteil: Die Tiere gehören zu den eifrigen Räubern, die nachts Läuse und andere Insekten jagen. Ab und zu »vergreifen« sich Ohrwürmer auch an Blumenknospen.
In vielen naturgemäßen Gärten werden die braunen Ohrkneifer inzwischen wie Haustiere gehalten.
Kluge Gärtner locken sie dort hin, wo sie sich nützlich machen sollen: zum Beispiel in läusegeplagte Obstbäume.
Zu diesem Zweck richtet man hübsche »Ohrwurrn-Bungalows« ein.
Sie bestehen aus Ton-Blumentöpfen, die mit Holzwolle locker gefüllt werden. Durch das Loch am Boden wird ein Draht gezogen; am unteren Ende biegt man ihn zu einer Spirale. dadurch bekommt er festen Halt.
Diese Töpfe hängen Bio-Gärtner kopfunter in die Bäume. In den schützenden Gehäusen verkriechen sich die Ohrwürmer tagsüber.
Nachts gehen sie dann an Ort und Stelle auf Läusejagd.

Schlupfwespen Die kleinen, nur 5–30 mm langen Insekten haben dunkle, glänzende Körper, schimmernde Flügel und eine »Wespentaille«. Mit Hilfe eines langen Legestachels bohren sie ihre Eier in lebende Blattläuse. Die Larven fressen ihren Wirt später von innen auf. Sie verpuppen sich und überwintern in der hohlen Laus.
Eine einzige Schlupfwespe kann

200–1000 Läuse auf diese Weise umbringen. Bio-Gärtner sollten vor allem im Herbst auf die Blattlaus-Mumien achten, in denen Schlupfwespenlarven verborgen sind. Gehölzschnitt nicht verbrennen!

Schwebfliegen Diese Insekten ähneln mit ihrem schwarz-gelb gestreiften Leib den Wespen. Sie sind aber kleiner, schlanker und harmlos für die Menschen. Am besten erkennen Sie die Tiere am schnellen, geräuschlosen Flug. Sie bewegen ihre Flügel so rasch, daß sie in der Luft zu stehen scheinen.
Schwebfliegen legen ihre Eier mitten in Blattlauskolonien ab. Die ausschlüpfenden Larven sind weißgelbliche Maden. Sie fressen große Mengen Läuse. Bio-Gärtner sollten darauf achten, daß diese nützlichen Insekten nicht aus Unkenntnis für Wespen gehalten und deshalb verfolgt werden.

Wanzen Unter den zahlreichen Wanzenarten gibt es viele nützliche Raubwanzen. Sie ernähren sich von Spinnmilben, Blattläusen und kleinen Raupen. Diese Tiere spielen eine wichtige Rolle im Auf und Ab zwischen »Nützlingen« und »Schädlingen«.

Oben: Schwebfliegenlarve auf Läusejagd; Mitte: Schwebfliege; unten: die Larven einer Schlupfwespe verlassen eine Kohlweißlingsraupe, deren Inneres sie gefressen haben.

Natürliche Bundesgenossen

Eine Kreuzspinne lauert auf Insektenbeute.

Nützliche Spinnentiere

Spinnen Zu den Tieren mit den langen Spinnenbeinen gehören unter anderen Kreuzspinnen, Springspinnen und Wolfsspinnen. Wer naturgemäß gärtnert und seine Pflanzen vor Schaden bewahren möchte, der darf sich vor diesen »Krabbeltieren« nicht fürchten. Spinnen gehören auf der ganzen Welt zu den erfolgreichsten Schädlingsjägern. Sie fangen Fliegen, Falter, Käfer, Raupen, Wanzen, Läuse und andere Insekten.

Raubmilben Die winzigen, nur 0,5 mm großen Tiere gehören auch zu den Spinnentieren. Im Gegensatz zu den schädlichen Spinnmilben scheiden sie kein Gespinst aus. Sie halten sich an der Unterseite der Blätter auf. Raubmilben jagen unter anderem die Rote Spinne.

Bio-Gärtner können durch kluge Planung viel dazu beitragen, daß möglichst zahlreiche, natürliche Bundesgenossen im Garten heimisch werden. Sie nehmen den Menschen die »schmutzige Arbeit« ab. Wo Igel, Vögel, Marienkäfer und Ohrwürmer »Schädlinge« vertilgen, da braucht der Mensch nicht »zuzuschlagen«.
Schützende Hecken und kleine unaufgeräumte Ecken im Garten bieten vielen Tieren Lebensraum. Einige aufeinandergeschichtete Steine, ein Reisig- und Laubhaufen unter einem Strauch und ein Wasserbecken mit sumpfigen Ufern lokken Ringelnattern, Igel, Kröten und Frösche an. Außer dem praktischen Nutzen bei der Schädlingsabwehr bieten solche Inseln im Garten auch eine große Bereicherung der Lebensvielfalt. Es sind Zufluchtsorte in einer verarmten Umwelt. An solchen Stellen gibt es immer etwas Interessantes zu entdecken. Und bei solchen Naturbeobachtungen lernt ein aufmerksamer Gärtner mehr über die vielfältigen Wechselbeziehungen zwischen Tieren und Pflanzen, als nur aus Büchern!

Pflanzen, die dem Gärtner helfen

Obgleich sie sich nicht von der Stelle rühren können, helfen bestimmte Pflanzen dem Gärtner bei der Schädlingsabwehr tatkräftig mit. Durch Wurzelausscheidungen oder intensive Düfte beeinflussen sie ihre nähere Umgebung. Wer ihre nützlichen Eigenschaften kennt, der kann sie gezielt einsetzen, um den Boden und die Pflanzen gesund zu erhalten.

Bodenkur mit Blütenpflanzen: Tagetes contra Wurzelälchen
Nematoden oder Wurzelälchen gehören zum Teil zu den gefährlichen Bodenschädlingen. Unter ungünstigen Umständen können sie ganze Gartenflächen verseuchen.
In einem naturgemäßen Garten ist diese Gefahr gering. Denn abwechslungsreiche, gemischte Pflanzungen verhindern Bodenmüdigkeit. In ausgeglichenen, nährstoff- und humusreichen Böden haben Nematoden kaum eine Chance.
Wo diese winzig kleinen Fadenwürmer trotzdem auftauchen, zum Beispiel während der Umstellung eines Gartens auf naturgemäße Methoden, da können Sie ihnen mit Hilfe von Studentenblumen erfolgreich zu Leibe rücken. Die Wurzeln der Tagetes enthalten einen Stoff, der die Älchen anlockt. Sie dringen in

Tagetes gehören zum blühenden Pflanzenschutz; sie entseuchen den Boden.

Studentenblumen am Rande des Kartoffelbeetes sorgen für »gesunde Verhältnisse«.

die Pflanzen ein und »vergiften« sich. Dabei werden die Tiere, die nicht sofort umkommen, unfruchtbar. Sie können sich nicht mehr vermehren und sterben langsam, aber sicher aus.

Voraussetzung für eine erfolgreiche Bodenkur mit Studentenblumen ist ein dichter Pflanzenteppich, der das ganze kranke Beet bedeckt. Sie können die hübschen Blumen, die oberirdisch eine leuchtend bunte Bodendecke bilden, während sie unterirdisch Schädlinge vertreiben, vom Frühling bis zum Frühsommer aussäen.

Ringelblumen wirken gegen Wurzelälchen.

Diese natürliche Bodenentseuchung ist sehr wirkungsvoll. Vor allem schont sie die artenreiche Welt der nützlichen Lebewesen im Humus. Chemische Bodenentseuchung bedeutet dagegen immer einen schwerwiegenden Eingriff mit starken Giftstoffen. Sie können die Gefährlichkeit daran ermessen, daß der Boden bei einigen Mitteln nach der Anwendung längere Zeit brach liegen muß.

Als wirkungsvolle Helfer gegen Bodenälchen haben sich neben den Studentenblumen *(Tagetes)* auch Sonnenhut *(Rudbeckia)* und Ringelblumen *(Calendula)* erwiesen. Die

Samen dieser Blumen können Sie einzeln in Tüten kaufen. Im Fachgeschäft gibt es auch eine fertige Mischung unter dem Namen »Gartendoktor«.
Besonders gefährdet durch Nematoden sind unter anderem Phlox, Chrysanthemen, Kartoffeln, Tomaten und Erdbeeren. Die Schädlinge können auch durch verseuchte Erde an den Wurzelballen junger Pflanzen in den Garten eingeschleppt werden. Außer den Wurzelälchen gibt es auch Stengel- und Blattälchen. Der beste vorbeugende Schutz gegen Nematoden sind die wichtigsten biologischen Kulturmaßnahmen: Humuspflege mit Kompost und Mischkulturen. Monokulturen begünstigen die Älchen!

Pioniere der Bodenlockerung
Ein lockerer Boden, der für Wasser, Luft und Pflanzenwurzeln durchlässig ist, gehört ebenfalls zu den vorbeugenden Maßnahmen, die manchem Schädling die Lebensgrundlage entziehen. In krümeliger, feuchter Erde fühlen sich Erdflöhe zum Beispiel nicht wohl!
Besser als Spaten und Hacke vermögen tiefwachsende Pflanzen den Boden zu lockern. Sie durchdringen mit ihrem Wurzelsystem auch verhärtete Schichten. Besonders wohltuend macht sich der Einsatz solcher Pflanzen-Pioniere auf festgefahrenen Neubaugrundstücken oder auf lange vernachlässigten, schweren Böden bemerkbar.
Zu den tiefwurzelnden Helfern bei

Lupinen gehören zu den Leguminosen, die Stickstoffknöllchen an den Wurzeln bilden.

Rotklee lockert und düngt den Boden.

Hier ist Rotklee als Gründüngung eingesät.

der Bodenverbesserung gehören vor allem Schmetterlingsblütler (Leguminosen): zum Beispiel Lupinen, Ackerbohnen und Klee. Nachdem die Pflanzen abgestorben sind, hinterlassen die verrottenden Wurzeln unzählige luftige Gänge im Erdreich. Die Leguminosen bilden außerdem in Zusammenarbeit mit bestimmten Bakterien Stickstoffknöllchen. Sie verbessern dadurch die Nährstoffreserven. Das oberirdische Pflanzengrün dient als Mulch- und Kompostmaterial. Indirekt tragen die Gründüngungs- und Bodenlockerungs-Pioniere damit zur Gesundung des ganzen Gartens bei.

Schädlingsabwehr durch Nachbarpflanzen

Bestimmte Pflanzen kann der Gärtner direkt zur Abwehr von Krankheiten oder Schädlingen einsetzen. Sie vertreiben die unerwünschten Mitesser zum Teil durch starke Düfte. Diese Gerüche sind den Tieren ent-

Bohnenkraut wehrt Läuse von Bohnen ab.

Basilikumduft vertreibt lästige Fliegen.

weder unangenehm, oder sie irritieren sie und lenken sie vom gesuchten Ziel ab. Kohlweißlinge zum Beispiel, die auf Kohlgerüche »programmiert« sind, werden durch Tomaten offenbar verwirrt.
Das Wissen von der abschreckenden Wirkung herber oder bitterer Gerüche ist sehr alt. So finden sich in historischen Kräuterbüchern zahlreiche Hinweise darauf, daß Rainfarn, Wermut und Eberraute Ungeziefer vertreiben. Jahrhundertelang hängte man Büschel dieser Pflanzen im Haus und in der Vorratskammer auf gegen Flöhe, Fliegen und Motten.
Diese uralte Tradition wird durch die gezielte Verwendung solcher Kräuter im naturgemäßen Garten fortgesetzt. Auch hier vertreiben sie, wie seit eh und je, »Ungeziefer«. Wohlüberlegte Pflanzenkombinationen verderben manchem Schädling das Freßvergnügen.

Baumscheibe mit Kapuzinerkresse.

Der herbe Duft des Salbei lenkt Insekten ab.

Natürliche Bundesgenossen

Pflanzen vertreiben Schädlinge

Abwehrpflanze	Wirkung	besonderer Tip
Basilikum	vertreibt Fliegen	Basilikumtöpfe auf der Fensterbank
Beifuß	wehrt Kohlweißlinge ab	–
Bohnenkraut	schützt Buschbohnen vor schwarzen Läusen	Randpflanzung zum Bohnenbeet
Dill	wehrt Kohlweißlinge ab	–
Farnkraut (Wurmfarn und Adlerfarn)	wehrt Schnecken und Ameisen ab	Mulchdecken aus Farnkrautblättern zwischen gefährdeten Pflanzen auslegen; siehe auch Tabelle: »Naturgemäße Spritzmittel aus eigener Produktion«, Seite 50
Kaiserkrone	vertreibt durch starken Geruch der Zwiebeln Wühlmäuse	Schutzpflanzung um gefährdete Kulturen
Kapuzinerkresse	gegen Blut- und Blattläuse	Pflanzen vertreiben schwarze Blattläuse nicht, sondern ziehen sie an; dadurch werden Nutzpflanzen »entlastet«; gegen Blutläuse wirkt der Duft; besonders wirkungsvoll: Kapuzinerkresse auf Obstbaumscheiben
Knoblauch	allgemein bakterizid und fungizid; vorbeugend gegen Pilzerkrankungen	Mischkultur mit Erdbeeren und Rosen; siehe auch Tabelle Seite 51
Lavendel	wehrt Ameisen, Läuse und Motten ab	hübsche und gesundheitsfördernde Mischkultur mit Rosen
Meerrettich	wehrt Kartoffelkäfer ab	Randpflanzung neben größeren Kartoffelbeeten

Abwehrpflanze	Wirkung	besonderer Tip
Pfefferminze	wehrt Kohlweißlinge und Erdflöhe ab	–
Rainfarn	wehrt Ameisen ab	Randpflanzung; siehe auch Tabelle: »Naturgemäße Spritzmittel aus eigener Produktion«, Seite 51
Salbei	wehrt Kohlweißlinge und Schnecken ab	am besten als gemischte Randpflanzung mit anderen starkduftenden Kräutern
Studentenblumen	befreien den Boden von Nematoden	dichte Teppichpflanzung auf befallenen Beeten
Thymian	wehrt Kohlweißlinge und Schnecken ab	siehe Salbei
Tomaten	wehren Kohlweißlinge ab	Randpflanzung neben dem Kohlbeet; Mulchen mit Tomatenblättern; siehe auch Tabelle: »Naturgemäße Spritzmittel aus eigener Produktion«, Seite 52
Wermut	wehrt Erdflöhe und Säulchenrost ab	in die Nachbarschaft von Johannisbeersträuchern pflanzen; siehe auch Tabelle: »Naturgemäße Spritzmittel aus eigener Produktion«, Seite 51
Wolfsmilch	vertreibt Wühlmäuse	Schutzpflanzungen, am besten kombiniert mit Kaiserkronen und Knoblauch
Ysop	gegen Schnecken	siehe Salbei
Zwiebel	schützt Möhren vor der Möhrenfliege, umgekehrt vertreiben Möhren die Zwiebelfliege	Mischkultur in abwechselnden Reihen; siehe auch Tabelle: »Naturgemäße Spritzmittel aus eigener Produktion«, Seite 52

Wildkräuter und Heilpflanzen – die grüne Apotheke des Bio-Gärtners

Die Natur hält nicht nur Heilkräuter für Menschen und Tiere bereit, sondern auch zahlreiche Pflanzen, die die Gewächse des Gartens vor Schaden bewahren. Jeder Bio-Gärtner sollte diese »grüne Apotheke« kennen und nutzen.
Pflanzenjauche, Kräutertees und natürliche Spritzbrühen sind leicht herzustellen. Jeder kann diese Rezepte anwenden. Man braucht dazu weder eine Hexenküche, noch muß man Geheimwissenschaften studieren. Die hausgemachten Mittel aus Wildkräutern oder Heilpflanzen sind preiswert und wirkungsvoll. Sie helfen, Schädlinge und Pilzkrankheiten auf ungefährliche Weise in den Griff zu bekommen.
Sie können die Pflanzen zum Teil in der freien Natur sammeln. Viele Heilkräuter sind auch im Garten heimisch, wo sie immer bereitstehen. Verwendet werden entweder frische Pflanzen oder getrocknete Kräuter, die Sie auch in Fachgeschäften oder im Bio-Spezialversand kaufen können. Selbstgeerntete Heilpflanzen werden an einem luftigen und schattigen Platz zum Trocknen aufgehängt. Anschließend bewahren Sie sie in Schraubgläsern auf. Die folgenden Pflanzen werden zur naturgemäßen Schädlings- und Krankheitsabwehr benutzt:

Beinwellstauden erreichen eine stattliche Höhe.

Beinwell, »Comfrey«
(Symphytum officinale und *S. peregrinum)*
Die stattlichen Stauden gedeihen wild an feuchten Stellen. Sie können gut im Garten angebaut werden, brauchen aber viel Platz. Beinwell ist eine alte Heilpflanze. Die Jauche aus den großen Blättern, die mehrmals im Jahr geschnitten werden können, ist stickstoff- und kalireich.

Brennesseln
(Urtica dioica und *U. urens)*
Wilde Brennesseln wachsen gern auf humus- und nährstoffreichen Böden. Oft werden die Pflanzen als lästiges Unkraut verachtet; sie gehören aber zu den hervorragenden Heilkräutern. Ihr Reichtum an Vitaminen und Mineralstoffen ist groß. Die Brennhaare enthalten das Nesselgift Histamin.
Die beste Zeit zum Sammeln frischer Brennesseln sind die Monate

Die Große Brennessel.

Frühlingsaustrieb des Wurmfarns.

Mai bis August, bevor die Pflanzen Samen ansetzen. Sie können auch getrocknetes Kraut oder Brennesselpulver verwenden.

Farnkraut (Wurmfarn und Adlerfarn)
(Dryopteris filix-mas und *Pteridium aquilinum)*
Die Blätter der beiden Farnarten sind reich an Kali. Sie wachsen in Mischwäldern und werden von Juni bis September gesammelt.

Knoblauch
(Allium sativum)
Die »Stinkerzwiebel« gehört zu den ältesten Heilpflanzen der Erde. Knoblauch enthält neben einer Vielzahl anderer Wirkstoffe auch schwefelhaltige ätherische Öle. Die Pflanzen wirken allgemein bakterizid und fungizid. Knoblauchzehen werden vor allem gegen Pilzerkrankungen eingesetzt.

Rainfarn
(Tanacetum vulgare)
Der Rainfarn gehört nicht zu den Farnkräutern. Die Staude mit den gelben, knopfartigen Blüten wächst oft an Wegrändern. In der Volksheilkunde verwendete man das Kraut früher zu Wurmkuren. Die Pflanze hat aber giftige Inhaltsstoffe und sollte nicht leichtsinnig als Arznei

Blühender Rainfarn.

für Menschen verwendet werden. Rainfarn-Brühe darf nicht von Kindern getrunken werden! Sammeln Sie Blüten, Blätter und Stengel von Juli bis August. Sie sind sehr wirksam gegen Ungeziefer.

Schachtelhalm
(Equisetum arvense)
Schachtelhalm, auch Zinnkraut oder Katzenschwanz genannt, ist reich an Kieselsäure. Schachtelhalm-Tee stärkt die Zellen der Pflanzen und macht sie widerstandsfähig gegen das Eindringen von Pilzen. Schachtelhalm-Brühe ist das »klassische« Mittel gegen Pilzerkrankungen im naturgemäßen Garten. Sie wird vorbeugend gespritzt – im Gegensatz zu allen anderen Präparaten bei Sonnenschein. Gesammelt wird die ganze Pflanze (ohne Wurzel) von Mai bis August.

Ackerschachtelhalm im Frühsommer.

Wermut im Kräutergarten.

Wermut
(Artemisia absinthium)
Das bittere Heilkraut wirkt im Garten durch seinen strengen Geruch. Die Wirksamkeit gegen Ungeziefer ist seit alten Zeiten bekannt. Die Pflanzen wachsen wild, können aber gut im Garten angebaut werden. Sammeln Sie Wermutkraut im Sommer vor der Blüte.

Zwiebel
(Allium cepa)
Die Zwiebel gehört wie der Knoblauch zu den ältesten Heilpflanzen. Sie enthält ebenfalls schweflige ätherische Öle und wird vor allem zur Abwehr von Pilzkrankheiten verwendet. Ganze Zwiebeln oder auch Zwiebelschalen werden für verschiedene Rezepte gebraucht.

Verschiedene Heilkräuter
Als Zusatz zur gemischten Pflanzenjauche können auch einige Heil- und Würzpflanzen aus dem Kräutergarten verwendet werden. Dazu gehören Schnittlauch, Pfefferminze, Majoran, Kamille und Ysop. Auch die Wildkräuter Löwenzahn und Hirtentäschel können Sie hinzufügen. Es genügt, wenn Sie zum Beispiel in eine Brennesseljauche ein bis zwei Hände voll gemischte Kräuter rühren, so wie sie gerade greifbar sind.

Auch Löwenzahn kann dem Garten nützen.

Heilsame Gemüse

Tomaten
Aus den stark riechenden Blättern der Tomatenpflanzen wird schädlingsabwehrende Brühe angesetzt. Sie wirken teilweise auch als Mulchdecke. Besonders die Kohlweißlinge lassen sich vom Tomatengeruch irritieren.

Kohl
Eine Jauche aus den Außenblättern des Wirsings und anderer Kohlarten stärkt Gemüsepflanzen. Sie wird mit Brennesseljauche vermischt. Bewährt hat sich diese Jauche, nach den Erfahrungen der Abtei Fulda, besonders zum Angießen von Jungpflanzen.

Rhabarber
Der Absud aus frischen Rhabarberblättern wirkt gegen schwarze Läuse an Bohnen.

Rhabarberblätter dienen der Läuseabwehr.

Hausgemachter Pflanzenschutz

Gefäße für verschiedene Pflanzenjauchen.

Brennesselzweige werden kleingeschnitten ...

Ansetzen von Pflanzenbrühen

Sie können sich als Faustregel folgende Mengen merken: Auf 10 l Wasser brauchen Sie 1 kg frische Pflanzen oder 150 g getrocknetes Kraut. 100 g Trockenkräuter entsprechen etwa 600–800 g frischen Pflanzen. Die Mengenangaben schwanken, weil auch die Inhaltsstoffe der Kräuter nicht konstant sind. Genaue Empfehlungen für die verschiedenen Pflanzen finden Sie in der Tabelle auf Seite 50. Nach dem folgenden Grundrezept können Sie alle Hausmittel herstellen.

Pflanzenjauche

Pflanzenjauche ist ein flüssiger Dünger, der aus Wasser und Pflanzenteilen hergestellt wird. Dieser Ansatz muß vergären. Sie benötigen dafür ein kleines Holz- oder Plastikfaß. Auch größere Steinguttöpfe eignen sich. Für kleine Gärten reicht schon ein 10-l-Eimer. Metallgefäße sollten nicht verwendet werden, weil zwischen der Brühe und dem Metall unerwünschte chemische Reaktionen stattfinden können.
In das Jauchefaß füllen Sie reichlich frische oder trockene Kräuter (genaue Angaben Tabelle Seite 50). Dann gießen Sie Wasser darüber, so daß alle Pflanzenteile bedeckt sind. Füllen Sie das Gefäß aber nicht bis zum Rand, denn die Jauche schäumt während der Gärung hoch. Regenwasser oder in der Sonne abgestandenes Wasser eignet sich für den Ansatz besser als

Hausgemachter Pflanzenschutz

... mit Regenwasser übergossen ...

... und kräftig umgerührt.

kaltes, totes Leitungswasser.
Über die Öffnung legen Sie am besten einen Gitterrost. Dann können Tiere nicht in die Flüssigkeit fallen und ertrinken. Trotzdem gelangt genügend Luft in die Jauchemischung. Rühren Sie einmal am Tag den Inhalt der Tonne oder des Eimers kräftig um, denn Sauerstoff ist wichtig für einen harmonischen Ablauf der Vergärung. Dieser Prozeß verläuft schneller, wenn das Gefäß an einem sonnigen Platz steht.
Jede Jauche entwickelt unangenehme Gerüche. Damit sie Ihren Nachbarn nicht störend in die Nase steigen, rühren Sie entweder einige Tropfen Baldrian-Blüten-Extrakt oder ein paar Hände voll Steinmehl unter die Brühe.
Je nach Ansatz und Witterung ist Ihre Pflanzenjauche nach 2–3 Wochen fertig. Sie schäumt dann nicht mehr und zeigt eine dunkle Farbe. Nun können Sie das Gefäß mit einem Deckel lose verschließen und den flüssigen Dünger nach Bedarf im Garten verbrauchen.
Zum Verjauchen eignen sich: Brennesseln, Beinwell, Schachtelhalm, Schnittlauch, Löwenzahn, Rainfarn und Wermut. Pflanzenjauche wird fast immer verdünnt. Nähere Angaben finden Sie in der Tabelle Seite 50. Gießen Sie sie möglichst bei trübem Wetter direkt in den Wurzelbereich. Dann wirken die flüssigen Dünger anregend und stärkend auf das Pflanzenwachstum. Sie helfen mit, die Gewächse des Gartens »von innen« zu kräftigen, so daß sie widerstandsfähig

werden gegen Krankheiten und Schädlinge. Auf diese Weise tragen auch hausgemachte Jauchebrühen zum Pflanzenschutz bei.

Brühe

Die empfohlene Pflanzenmenge wird zunächst in Wasser eingeweicht. Verwenden Sie dazu möglichst Regenwasser oder abgestandenes, regeneriertes Wasser. Dieser Ansatz bleibt 24 Stunden stehen. Dann kochen Sie die Brühe auf und lassen sie bei geringer Hitze noch etwa eine halbe Stunde leise weiterkochen.

Nach dem Abkühlen wird die Kräuterbrühe durchgesiebt und nach Bedarf verdünnt.

Diese Zubereitung sollten Sie sich vor allem für den Schachtelhalm merken. Aber auch aus Rainfarn, Farnkraut, Löwenzahn und Wermut können Sie Brühen herstellen.

Tee

Kräutertee für den Garten wird nach den gleichen Regeln zubereitet wie Arzneitee für die Menschen. Übergießen Sie die vorgeschriebene Pflanzenmenge mit kochendem Wasser, und lassen Sie diesen Ansatz, möglichst zugedeckt, 10–15 Minuten ziehen. Dann wird der Tee abgesiebt und verwendet, sobald er abgekühlt ist. Für die Teezubereitung eignen sich Ackerschachtelhalm, Rainfarn, Löwenzahn, Kamille, Wermut und Zwiebeln.

Kaltwasser-Auszug

Frische Pflanzen werden 12 bis 24 Stunden in kaltem Wasser angesetzt. Dieses Rezept gilt vor allem für die »beißende Brennessel-Brühe«, die unverdünnt gegen Blattläuse ausgespritzt wird. Der Kaltwasser-Auszug darf nicht vergären. Die brennenden Substanzen der Nesseln bleiben nur kurze Zeit im kalten Auszug wirksam.

Auch Tomatenblätter werden in kaltem Wasser angesetzt. Diese Mischung braucht nur 2–3 Stunden lang durchzuziehen.

Außer Brennesseln können noch andere Kräuter in die Pflanzenjauche gemischt werden: Hier sind es Schachtelhalm und Beinwell.

So können Sie Zutaten für Brühen kaufen: Quassia, Schmierseife, Wasserglas und Spiritus.

Andere natürliche Substanzen für selbstgemachten Pflanzenschutz

Schmierseife

Reine Schmierseife ist ein wirksames Spritzmittel »seit Urgroßvaters Zeiten«. Achten Sie darauf, daß Sie Weinbergseife bekommen (zum Beispiel in der Drogerie). Schmierseifenlösungen helfen gegen Läuse.

Spiritus

Brennspiritus wirkt ähnlich wie Schmierseife. Beide Substanzen können Sie mischen und dann gegen Läuse spritzen.

Wasserglas (Natriumsilikat)

Diese Substanz ist stark kieselhaltig und wirkt ähnlich wie Schachtelhalm. Wasserglas-Spritzmittel beugen Pilzerkrankungen vor. Sie können das Mittel in Drogerien kaufen.

Quassia-Bitterholz

Das tropische Holz bekommen Sie in Apotheken. Die Spritzbrühe, der noch Schmierseife hinzugefügt werden kann, wirkt als tödliches Fraß- und Kontaktgift für Läuse und andere Insekten. Nützlinge sind leider nicht ausgenommen. Verwenden Sie dieses Mittel deshalb nur in Notfällen – ähnlich wie die im Handel erhältlichen, noch intensiveren Pyrethrum-Präparate. Quassia wirkt nicht so stark und ist für Menschen bei richtiger Anwendung ungefährlich.

So sieht das tropische Quassia-Holz aus.

Hausgemachter Pflanzenschutz

Naturgemäße Spritzmittel aus eigener Herstellung

Heilpflanze	Zutaten für 10 l Wasser	Zubereitung/ Mischungsmöglichkeiten	Verwendung	Wirkung
Beinwell/ Comfrey	1 kg frische Blätter oder 150 g getrocknetes Kraut	Jauche; vermischt mit: Brennesseln	Flüssigdünger während der Vegetationszeit, Verdünnung 1:10	allgemein pflanzenstärkend; kalireich, besonders gut für Tomaten
Brennnessel	1 kg frisches Kraut oder 150 g getrocknetes Kraut	Jauche; vermischt mit: Beinwell, Schachtelhalm, Schnittlauch, kleinen Mengen verschiedener Kräuter; Kaltwasser-Auszug	Jauche als Flüssigdünger während der Vegetationszeit, Verdünnung 1:10; Jauche als Spritzmittel auf die Blätter, Verdünnung 1:20; Kaltwasser-Auszug unverdünnt über die Pflanzen sprühen	Jauche allgemein pflanzenstärkend, insektenabwehrend; Kaltwasser-Auszug gegen Blattläuse
Farnkraut (Adlerfarn, Wurmfarn)	1 kg frische Blätter oder 100 g getrocknetes Kraut	Jauche oder Brühe	im zeitigen Frühling vor allem Obstbäume spritzen, Verdünnung 1:10	gegen verschiedene Läusearten
Kamille	50 g getrocknete Blüten	Tee	im Sommer über Pflanzen und Komposthaufen gießen, unverdünnt	Kräftigung der Pflanzen; anregend für den Kompost; Samenbeize

Hausgemachter Pflanzenschutz

Heilpflanze	Zutaten für 10 l Wasser	Zubereitung/ Mischungsmöglichkeiten	Verwendung	Wirkung
Knoblauch	500 g Knoblauch	Jauche; vermischt mit: Zwiebeln im Verhältnis 1:1; außerdem einige Blätter von Schwarzen Johannisbeeren	auf den Boden der Beete und auf Baumscheiben gießen, Verdünnung 1:10	stärkt die Abwehrkräfte gegen Pilzerkrankungen, vor allem bei Kartoffeln und Erdbeeren
Rainfarn	300 g frische Pflanzenteile oder 30 g getrocknetes Kraut	Tee; vermischt mit: Schachtelhalm-Tee	als Winterspritzung unverdünnt über die Pflanzen; als Sommerspritzung auf Blätter und Boden; Verdünnung 1:2 oder 1:3	gegen verschiedene Milben und anderes Ungeziefer; außerdem gegen Rost und Mehltau
Schachtelhalm	1 kg frisches Kraut oder 150 g getrocknetes Kraut	Brühe, Jauche; vermischt mit: Brennesseln	Frühling bis Spätsommer vorbeugende Spritzungen möglichst an sonnigen Vormittagen, Verdünnung 1:5	stärkt die Abwehrkräfte gegen Pilzerkrankungen wie Mehltau, Schorf, Rost, Blattfleckenkrankheit usw.
Wermut	300 g frisches Kraut oder 30 g getrocknetes Kraut	Tee, Jauche	im Frühling über die Pflanzen sprühen, unverdünnt; im Juni bis Juli 1:3 verdünnt, im Herbst 1:2 verdünnt	Abwehr von Ameisen, Läusen, Raupen; besonders gegen Säulchenrost an Johannisbeeren; Sommerspitzung gegen Blattläuse und Apfelwickler; Herbstspritzung gegen Brombeermilben

Hausgemachter Pflanzenschutz

Heilpflanze	Zutaten für 10 l Wasser	Zubereitung/ Mischungsmöglichkeiten	Verwendung	Wirkung
Zwiebel	500 g frische Zwiebeln oder 20–50 g Zwiebelschalen auf 1 l Wasser	Jauche; vermischt mit: Knoblauch, Blättern von Schwarzen Johannisbeeren;	Jauche über den Boden der Beete und auf Baumscheiben gießen, Verdünnung 1:10	Zwiebel-Jauche stärkt die Pflanzen gegen Pilzerkrankungen;
		Kaltwasser-Auszug; aus Zwiebelschalen, 4–7 Tage ziehen lassen	Zwiebelschalen-Auszug über Pflanzen und Erde sprühen, unverdünnt	Auszug gegen Milben und Pilzkrankheiten

Gemüse	Zutaten für 10 l Wasser	Zubereitung/ Mischungsmöglichkeiten	Verwendung	Wirkung
Tomaten	2 Handvoll Blätter und Geiztriebe auf 2–3 l Wasser	Kaltwasser-Auszug; zerdrückte Pflanzenteile 3 Stunden ziehen lassen	zur Flugzeit der Kohlweißlinge alle 2 Tage über die Kohlpflanzen gießen, unverdünnt	gegen Schmetterlinge und Raupen des Kohlweißlings
Kohl	3 kg frische Blätter	Jauche; Mischung: 1½ l Kohl-Jauche, 1½ l Brennessel-Jauche, 7 l Wasser	Flüssigdüngung, vor allem zum Angießen von Jungpflanzen	allgemein stärkend; gesundes Anwachsen
Rhabarber	500 g frische Blätter auf 3 l Wasser	Tee	über die Pflanzen sprühen, unverdünnt	gegen schwarze Läuse und Lauchmotte

Natürliche Substanzen	Zutaten für 10 l Wasser	Zubereitung/ Mischungsmöglichkeiten	Verwendung	Wirkung
Schmierseife	150–300 g in heißem Wasser	im Durchschnitt 2%ige Lösung; Mischung: mit Brennspiritus (max. 5%ig)	über befallene Pflanzen sprühen, unverdünnt	gegen Blattläuse, Schildläuse, Spinnmilben
Wasserglas	–	0,5–2%ige Lösung; Mischung: mit Netzschwefel	Winterspritzung der Obstbäume; vorbeugende Spritzungen im Sommer	vorbeugend gegen Pilzerkrankungen
Quassia	150 g auf 2 l Wasser	Brühe; Mischung: 2 l Schachtelhalm-Tee, 250 g Schmierseife und 10 l Wasser	nur bei akutem Schädlingsbefall gezielt einsetzen, unverdünnt	tödlich für Läuse und andere Insekten

Not macht erfinderisch: Alte und neue Abwehr-Tricks

Außer den naturgemäßen Spritzbrühen gibt es auch noch eine Reihe anderer Mittel, die gegen bestimmte Schädlinge gezielt eingesetzt werden können. Einige dieser »Bio-Tricks« sind uralt. So wird sich in nassen, schneckengeplagten Sommern sicher noch mancher Gärtner daran erinnern, daß Großmutter oder Urgroßvater Sägemehl um die jungen Bohnenpflanzen ausstreuten. Die schleimigen Tiere scheuen dieses trockene, holzige Material, das an ihren Körpern kleben bleibt.

Bauerngarten-Tip: Ginster vertreibt Erdflöhe.

Hausgemachter Pflanzenschutz

Auch in alten, vergilbten Gartenzeitschriften stößt man manchmal auf einfache Ratschläge, die sich in der Praxis seit Generationen als wirksam erwiesen haben. Ein Gärtner sagte sie dem anderen weiter. Denn rein paradiesisch waren die Zustände auch damals nicht. Aber Not macht erfinderisch. Und in bestimmten Situationen kann man sich durchaus erfolgreich mit Hindernissen und Fallen gegen zudringliche Mitesser wehren. Manchmal muß man mehrere Mittel miteinander kombinieren. Suchen Sie sich diejenigen Tips heraus, die zu Ihrer Gartensituation und zu Ihrer Überzeugung am besten passen.

Abwehr-Zonen

Gesteinsmehl wird als schützender Ring um schneckengefährdete Kulturen und Jungpflanzen gestreut. Bei schönem Wetter können Sie es auch morgens über die taunassen Blätter pudern. So schützt der feine Gesteinsstaub vor Erdflöhen und anderen Insekten. Vorbeugend wirkt er auch gegen Pilzerkrankungen.

Algenkalk wirkt ähnlich wie Steinmehl und wird auch zum gleichen Zweck angewendet. Streuen Sie ihn als Abwehr-Zone um gefährdete Pflanzen oder als Stärkungsmittel über die Blätter.

Die Blätter des Rosenstrauches wurden dünn mit Gesteinsmehl überpudert.

Holzasche wehrt gleichfalls Schnecken ab, wenn sie als Schutzzone ausgebreitet wird.

Gesteinsmehl, Algenkalk und Holzasche entfalten ihre Wirkung nur bei trockenem Wetter. Kalk und auch die kalkhaltige Holzasche eignen sich nicht für Moorbeetpflanzen, wie zum Beispiel Azaleen und Hortensien.

Sägemehl können Sie zwischen jungen Bohnen, um Dahlientriebe und zwischen den Erdbeerreihen auslegen. Dieses trockene Material hält Schnecken von den Pflanzen fern und dient gleichzeitig als Mulch, der sich langsam zersetzt. Mit diesem natürlichen Schutzring arbeiteten schon unsere Urgroßeltern.

Gerstenspreu ist sicher nur für wenige Gärtner erreichbar. Die langen Grannen mit den Widerhaken wehren Schnecken ab. Nehmen Sie einmal ein Gerstenhaar zwischen die Finger, und streicheln Sie es »gegen den Strich«, dann wissen Sie, warum weichhäutige Tiere solche »Teppiche« meiden.

Scharfer Sand ist ein ebenso einfaches wie lange wirksames Mittel gegen Schnecken. Die Tiere kriechen nicht über die scharfkantigen, winzigen Quarzkristalle. Sand behält seine Wirksamkeit bei jeder Witterung. Mit diesem Material können Sie ganze Beete abgrenzen.

Sägemehl schützt junge Bohnen vor Schnecken.

Scharfer Sand bildet eine Schneckenbarriere.

Hausgemachter Pflanzenschutz

Fallen
Fallensteller waren die Menschen seit uralten Zeiten. Im naturgemäßen Garten weiß man solche altmodischen Mittel wieder zu schätzen, weil sie gezielt eingesetzt werden und andere Lebewesen nicht gefährden. Spezialfallen für Wühlmäuse sind überall im Handel erhältlich. In selbstgebauten Fallgruben können Sie Maulwurfsgrillen (Werren) oder gefräßige Käfer fangen. Dazu graben Sie größere Marmeladengläser tief in den Boden ein. An den glatten Wänden können die gefangenen Tiere nicht mehr hochkrabbeln.
Ameisen, falls sie in großen Mengen auftauchen, und Wespen lockt man in Flaschen, die mit Zuckerwasser gefüllt werden.
Ebenerdig eingegrabene Becher mit Bier verwandeln sich in Schneckenfallen. Unter feuchten Säcken, Brettern und ausgehöhlten Kartoffeln versammeln sich Schnecken, Engerlinge und Tausendfüßler, die der Gärtner morgens nur noch einzusammeln braucht. Wenn es Ihnen widerstrebt, die Tiere umzubringen, dann tragen Sie sie irgendwo aufs »freie Feld«. Wenn es aber sein muß, dann ist kochendes Wasser die schnellste und schmerzloseste Methode.
Wo Drahtwürmer ihr Unwesen treiben, da können Sie Salat als »Fangpflanze« setzen. Sobald der Köder welkt, reißen Sie ihn heraus und holen die Übeltäter aus der angefressenen Wurzel.

Mechanische Hindernisse
Stanniolstreifen halten flatternd und blinkend eine Zeitlang die Vögel aus Obstbäumen und Beerensträuchern fern. Dieses Abschreckmittel wirkt aber meist nicht lange. Die Tiere haben sich unserer Zivilisation schon zu sehr angepaßt.

Vogelschreck: Stanniolstreifen und Katzenköpfe.

Beerenhochstämmchen lassen sich gut in schützende Netze hüllen, die die Vögel abwehren.

Kunststoffnetze schützen dagegen wirksam Ihre Kirsch- oder Johannisbeerernte. Sie sind überall im Fachhandel erhältlich. Das Ausbreiten der Netze bereitet etwas Mühe; man braucht mindestens vier Hände dazu. Aber die süße Ernte lohnt die Arbeit.

So werden Leimringe festgebunden.

Leimringe werden im Herbst um die Stämme der Obstbäume gelegt. In diesen Fallen fangen sich vor allem die Weibchen der Frostspanner, die an den Stämmen hochkrabbeln, um ihre Eier in der Rinde abzulegen.

Kohlkragen sind einfach herzustellen. Schneiden Sie runde Scheiben aus Teerpappe, die an einer Seite bis zur Mitte aufgeschlitzt werden.

Hausgemachter Pflanzenschutz

Zaun und Netz schützen ein Aussaatbeet.

Dann legen Sie den biegsamen Kragen um die Stengel der Kohlpflanzen. So hindern Sie Kohlfliegen daran, ihre Eier am unteren Teil des Stiels abzulegen. Auch ein Anstrich der Stengel mit einem Lehmbrei, der später hart wird, schützt die Pflanzen vor der Eiablage.

Zäune bilden für manche Tiere unüberwindliche Hindernisse. Maschendraht, mindestens 80 cm hoch, hält Hasen von Gemüsebeeten fern. Spezielle Schneckenzäune schützen Frühbeete und besonders gefährdete Kulturen.
Lesen Sie mehr darüber im Kapitel »Wenn es einmal brennt«, Seite 59.

Handarbeit
In kleinen, überschaubaren Gärten läßt sich oft größerer Schaden durch regelmäßige Handarbeit vermeiden. Ein paar Läuse oder Kohlweißlingsraupen können Sie rasch von den Pflanzen ablesen. Wenn Sie solche Kontrollen oft durchführen, dann haben die Tiere es schwer, sich zu vermehren. Früher schüttelte man Obstbäume und Beerensträucher kräftig, damit kleine Käfer und Insekten herunterfielen. So können Sie auch noch heute, mit etwas Zeit und Geduld, Schädlinge einsammeln.
Auch kranke Blätter, vor allem bei Pilzschäden, sollten immer gleich entfernt und in die Mülltonne geworfen werden. So bremsen Sie die weitere Verbreitung. Mit einem scharfen Wasserstrahl können Sie Läuse von weniger empfindlichen Pflanzen abspritzen. Für Rosen empfiehlt sich dieser Ratschlag nicht.
Denken Sie auch bei allen naturgemäßen Methoden der Schädlingsabwehr immer daran, daß Sie nicht ausziehen, um einen erbitterten Kreuzzug zu führen. Es geht nur darum, Grenzen zu ziehen und Schranken zu errichten. Ein paar Prozent seiner Ernte sollte jeder gute biologische Gärtner den Mitbewohnern seines Gartens gönnen. Denn sie alle – die sichtbaren und die unsichtbaren Lebewesen – spinnen unaufhörlich an jenem großen Netz, das uns alle trägt.

Naturgemäße Mittel gegen weitverbreitete Plagen

Unter den ungebetenen Mitessern im Garten gibt es einige, die zeitweise in großen Massen auftauchen und manchen Gärtner an die »Plagen Ägyptens« erinnern. So haben sich die Schnecken in den letzten Jahren offenbar ins Unermeßliche vermehrt. Daran sind nicht nur die regenreichen Sommer schuld. Sicher spielt es auch eine Rolle, daß die natürlichen Schneckenvertilger immer seltener in unseren Gärten zu finden sind.
Auch Läuse können »wie die Heuschrecken« in bestimmte Kulturen einfallen. Manchmal wird einer solchen Invasion durch ungünstige Witterung die Gartentür geöffnet. Oft spielen Kulturfehler eine Rolle. Vor allem während der Umstellung auf naturgemäße Methoden muß ein Gärtner mit solchen »Überfällen«

Die Kapuzinerkresse am rustikalen Zaun vereint Nutzen und Schönheit.

rechnen, die im Grunde nur anzeigen, daß seine kleine Gartenwelt aus dem Gleichgewicht geraten ist. Mehltau breitet sich ebenfalls durch ungünstige Witterung oder Kulturfehler aus. Wühlmäuse gehören dagegen mehr zu den ortsgebundenen Plagen. Vor allem Grundstücke, die an Wiesen oder Felder grenzen, sind durch die gefräßigen Nager gefährdet, die nur zu gern in das Garten-Schlaraffenland einwandern.
Wo »Schädlinge« in großen Mengen auftauchen, da muß sich auch ein biologischer Gärtner zu helfen wissen. In den folgenden Abschnitten finden Sie dazu eine Fülle von Hilfsmitteln. Wählen Sie diejenigen aus, die zu Ihrer persönlichen Gartensituation am besten passen. Wägen Sie dabei stets sorgfältig ab, ob Sie mit sanften Abwehrmaßnahmen auskommen oder ob Sie im Notfall einmal zu härteren Mitteln greifen müssen.
Ein guter biologischer Gärtner sollte sich nie vom Zorn leiten lassen. Es ist zwar sehr ärgerlich, wenn Schnecken über Nacht eine ganze Salataussaat kahlgefressen haben, aber Verbrecher sind sie deshalb nicht. Wir haben es mit Tieren zu tun, die fressen, um satt zu werden. Daß sie in erschreckender Vielzahl auftauchen, ist nicht ihre eigene, sondern allzu oft die Schuld des Menschen. Er trägt auch die Verantwortung dafür, daß extreme Situationen sich wieder in ein vernünftiges Gleichgewicht einpendeln können.

Schnecken können zur Plage werden.

Schnecken

Schnecken lieben das Dunkel und die Feuchtigkeit. Bei Regenwetter kriechen sie oft über die Gartenwege. Den größten Schaden richten sie nachts an.
Die großen Wegschnecken sind rot, schwarz oder braun gefärbt. Sie sind gut sichtbar und können leicht gefangen werden. Den kleinen Nacktschnecken kommt man dagegen schwerer auf die Schliche. Sie sind grau-schwarz-bräunlich gefärbt und besitzen ein hervorragendes Tarnkleid, wenn sie sich tagsüber in der Erde verbergen.
Die kleinen Gehäuseschnecken scheinen wahre Kletterkünstler zu sein. Oft steigen sie bis zu den

äußersten Spitzen der Pflanzen hoch. Die Weinbergschnecken mit den großen Häusern sind sehr nützlich. Sie fressen die Eier der Nacktschnecken.
Alle Schnecken legen runde, weiße Eier in die Erde. Bei einem einzigen Tier können es 200–400 Stück sein.

Natürliche Schneckenvertilger sind Igel, Kröten, Spitzmäuse, Laufkäfer, Zauneidechsen, Blindschleichen und teilweise auch Amseln und Stare. Weinbergschnecken reduzieren die Eigelege. Einige der nützlichen Tiere sollte der Gärtner versuchen im naturgemäßen Garten heimisch zu machen.

Vorbeugende Maßnahmen helfen rechtzeitig, Schlimmeres zu verhindern. In Gärten mit schweren, feuchten Böden und auf Beeten, die an Grasflächen grenzen, muß man immer auf der Hut sein vor Schnekken. Säen und pflanzen Sie um gefährdete Kulturen schneckenabwehrende Gewächse: Senf, Kapuzinerkresse, Salbei, Ysop und Thymian. Die Trenn- oder Grenzstreifen aus Senfsaat haben sich in manchen Gärten sehr bewährt, in anderen helfen sie kaum. Wahrscheinlich hängt die Wirksamkeit von der Entwicklung der ätherischen Öle und Duftstoffe ab. Dabei spielen Bodenverhältnisse, Licht und Wärme eine entscheidende Rolle. Sie müssen probieren, was in Ihrem Garten den meisten Erfolg verspricht.

Farnmulch wehrt Schnecken ab.

Mulchdecken aus Farn- oder Tomatenblättern halten Schnecken ebenfalls von den Beeten fern. Auch hier macht sich der strenge Geruch wahrscheinlich abwehrend bemerkbar.
In regenreichen Wochen und bei schweren Böden dürfen allgemein nur dünne Mulchschichten ausgelegt werden. Erneuern Sie die Bodendecken lieber öfter. Unter dikkem Mulch können im feuchten Dunkel wahre Schneckenparadiese entstehen!
Achten Sie auch darauf, daß sich keine Schnecken im Kompost einnisten und dort ihre Eier ablegen. Sie verteilen sie dann unfreiwillig und gleichmäßig im ganzen Garten! Eine zuverlässige Barriere gegen die zuwandernden Schnecken bildet der »Bio-Fix«-Schneckenzaun, eine Schweizer Erfindung. Er besteht aus verzinkten Blechen, die fast unbegrenzt haltbar sind. Die

Oberkante hat ein nach außen abgewinkeltes Profil. Dieses Hindernis können die Schnecken nicht übersteigen. Die Bleche können beliebig lang aneinandergesetzt werden. Sie bewähren sich vor allem, wenn man ein Anzuchtbeet damit einfriedet. So werden die gefährdeten Jungpflanzen besonders geschützt. Schnecken, die sich eventuell noch im Innenraum befinden, fangen Sie am besten mit Bierfallen

Schweizer Schneckenzaun mit Profil.

Deutscher Schneckenzaun mit Stromdrähten.

weg. Mit dem Schweizer Schneckenzaun können Sie auch einen ganzen Garten abgrenzen, aber diese Methode ist natürlich sehr teuer.
Ein deutsches Produkt ist der »emca«-Schneckenzaun. Er besteht aus grünen Plastikstreifen, in die zwei dünne Drähte eingearbeitet sind. Durch eine kleine Batterie können Sie diesen Zaun unter schwachen Strom setzen. Er kann rings um besonders gefährdete Kulturen, wie zum Beispiel Dahlien oder ein Salatbeet, in die Erde gedrückt werden. Die Schnecken verspüren, wenn sie das Hindernis übersteigen wollen, einen schwachen elektrischen Schlag. Sie gehen dann diesem unangenehmen Erlebnis aus dem Weg. Die Tiere werden also nur abgelenkt, nicht getötet.

Abwehr und Notwehr
bleiben in manchen Jahren auch einem naturliebenden Gärtner nicht erspart. Versuchen Sie es zunächst mit Abwehrstreifen, die besonders gefährdete Pflanzen schützen. Streuen Sie Gesteinsmehl, Kalk oder Holzasche auf die Erde. Gesteinsmehl können Sie auch über die Blätter pudern. Diese scharfen Substanzen scheuen die Schnecken. Die Mittel wirken allerdings nur bei trockenem Wetter.
Länger haltbar ist reiner Sand, der auf den weichen Körper wirkt wie messerscharfe winzige Kristalle.

Auch Gerstenspreu ist den Tieren zuwider. Die Grannen besitzen Widerhaken, die sich in die Haut bohren können. Wenn Sie diesen seltenen, natürlichen Dreschabfall noch bekommen können, dann benutzen Sie ihn als schneckenabwehrenden Mulchteppich.

Schließlich ist auch das trockene Sägemehl den Tieren unangenehm. Man streut es seit Generationen vor allem als Schutzwall um die jungen Bohnen herum.

Sehr bewährt hat sich inzwischen die Bierfalle. Sie können sich einen solchen lockenden Hinterhalt leicht selber bauen. Graben Sie Joghurt-, Quark- oder Waschmittelbecher ebenerdig in die Beete ein. Die Gefäße dürfen nicht zu flach sein. Dann schneiden Sie in einen etwas umfangreicheren Plastikbecher ringsum mehrere Schlupflöcher und stülpen dieses Gefäß über den eingegrabenen Becher. Zum Schluß legen Sie einen starken, rundgebogenen Draht über das »Dach« und drücken ihn mit den Enden tief in die Erde. Diese »Sturmsicherung« und die Überdachung schützen den Inhalt der Falle bei Regenwetter vor dem Verwässern.

Am Abend werden die Becher mit Bier gefüllt. Der Geruch von Hopfen und Malz lockt Schnecken aller Größen magisch an. Sie ertrinken dann beim »Dämmerschoppen« in den glattwandigen Fallen. Vergessen Sie nicht, die Becher zu reinigen und immer wieder mit Bier zu füllen. Auf diese Weise fangen Sie große Mengen Schnecken, ohne anderen Tieren zu schaden.

Käufliche Bierfalle mit Regendach.

Selbstgebaute Bierfalle mit Sturmsicherung.

Wer handwerklich nicht so geschickt ist, der kann die im Handel

Erfolgreiche Schneckenfalle: ein altes Brett.

erhältliche »Ex-Arion«-Schneckenfalle kaufen. Sie wird ebenfalls mit Bier gefüllt und ist durch ein kleines Dach vor Regen geschützt.
In nassen Sommerwochen lohnt es sich, auch andere Fallen auszulegen. Unter nassen Säcken, Brettern, großen feuchten Blättern, umgestülpten Salatköpfen oder ausgehöhlten Früchten verstecken sich die Schnecken gern, sobald es Tag wird. Am Morgen können Sie sie dort in großen Mengen einsammeln. Anschließend stellt sich allerdings die wenig erfreuliche Frage: Wohin mit den Tieren? Wenn diese Jagd einen Sinn haben soll, dann müssen Sie die Schnecken entweder umbringen oder forttragen. Wer den Mord scheut – und dafür braucht sich niemand zu schämen! – der sollte wirklich die kleine Mühe auf sich nehmen und ein Eimerchen voller Schnecken an einem Wiesen- oder Waldrand auskippen. Natürlich muß es ein Ort sein, wo die Tiere keinem anderen Gärtner oder Bauern Schaden zufügen.
Wo diese Möglichkeit nicht gegeben ist, da werden Sie die Tiere wohl umbringen müssen. Ein rascher Guß mit kochendem Wasser wirkt schnell und schmerzlos. Grausam und unappetitlich ist leider fast jede Methode der direkten Schneckenabwehr.
Dennoch: Auch hier gibt es für einen naturgemäß arbeitenden Gärtner Grenzen. Es ist zum Beispiel nicht zu verantworten, wenn die Tiere mit einer Schere zerschnitten, mit dem Spaten zerstochen oder mit Salz qualvoll aufgelöst werden. Manche »Praktiker« empfehlen solche Methoden. Wahrscheinlich sind sie dazu nur in der Lage, weil sie »Schädlinge« als »Feinde« betrachten und dabei jedes Mitleid mit einem lebendigen Geschöpf vergessen.
Der Vollständigkeit halber sei noch erwähnt, daß biologisch-dynamisch arbeitende Gärtner Schnecken mit kochendem Wasser übergießen und dann 3–4 Tage stehenlassen. Diese Brühe wird über die Beete gegossen. Der Extrakt aus den toten Tierleibern soll lebende Artgenossen abschrecken.
Geschicktere Schneckenfänger als die Menschen sind zahme Enten. Indische Laufenten fressen die Tiere

in Mengen und können einen ganzen Garten säubern. Auf Jungpflanzen und Saatbeete darf man diese breitfüßigen »Trampeltiere« allerdings nicht loslassen.
Chinesische Bauern tragen ihre Enten genau zum richtigen Zeitpunkt auf die Felder. Nach getaner Arbeit werden die Schneckenfresser wieder eingesammelt. Westliche Bio-Gärtner müssen sicher noch eine Weile experimentieren, bis sie Enten und Schnecken gleichermaßen im Griff haben. Diese wirklich naturgemäße Schädlingsabwehr läßt sich wohl nur in ländlichen, großen Gärten verwirklichen, denn die Enten brauchen ein flaches Wasserbekken und ein schützendes Gehäuse für die kalte Jahreszeit.

Läuse

Es gibt sehr verschiedene Läusearten. Besonders verbreitet und allgemein bekannt sind die grünen und schwarzen Blattläuse. Sie führen ein sehr bewegtes Leben. Auf bestimmten Pflanzen und in den Ritzen der Baumrinde überwintern die Eier dieser Insekten. Im Frühling schlüpfen Weibchen aus, die bis zum Spätsommer ohne Befruchtung lebende Junge gebären. In dieser Zeit entstehen in kurzen Abständen zahlreiche Blattlaus-Generationen, die alle rasch wieder vermehrungsfähig werden. Bei warmem Wetter dauert dieser Prozeß manchmal nur 1 Woche.
Erst im Herbst entstehen plötzlich männliche und weibliche Läuse. Nach der Befruchtung legen diese Tiere dann nur noch Eier ab, die

Laufenten gehen auf Nahrungssuche im Grünen.

Auch im Bio-Garten wird im Notfall gespritzt – aber nur mit natürlichen Mitteln!

auch harte Winter unbeschadet überstehen.
Eine weitere Besonderheit im abwechslungsreichen Läuseleben besteht darin, daß einem Teil der Tiere während des Sommers Flügel wachsen. Es gibt also krabbelnde und geflügelte Generationen zur gleichen Zeit. Außer den verschiedenen Blattlaus-Arten finden sich im Garten noch Blutläuse und Schildläuse.
Aus diesem kleinen Einblick in das überraschend interessante Dasein der kleinen Insekten kann ein Gärtner schon schließen, daß er keinen leichten Stand hat. Läuse sind anpassungsfähig und können sich mit großer Geschwindigkeit vermehren. Die verschiedenen Blattlaus-Arten fügen den Pflanzen Schäden zu, indem sie sie ansaugen und ihnen Nährstoffe entziehen. Dabei entstehen Verformungen der Blätter. Die Tiere können auch Viruserkrankungen übertragen. Außerdem scheiden sie einen zuckerhaltigen Saft aus, den Honigtau. Dieser überzieht die Blätter mit einer klebrigen Schicht, auf der sich ein Pilz ansiedelt. So entsteht der schwarze Rußtau.

Natürliche Läusevertilger
sind Marienkäfer, Schwebfliegen, Florfliegen, Schlupfwespen, Ohrwürmer, Raubwanzen und Vögel. Wo diese Tiere reichlich vorhanden sind, da halten sie die Läuse in erträglichen Grenzen. Dazu brauchen sie allerdings selber genügend Lebensraum im Garten.

Vorbeugende Maßnahmen
helfen vor allem, größere Läuse-Invasionen zu verhindern. Bio-Gärtner versuchen deshalb möglichst viele Nützlinge im Garten heimisch zu machen. Sie hängen Nistkästen für die Vögel auf und Blumentöpfe mit Holzwolle, in denen die Ohrwürmer sich verkriechen können.
Vorbeugend wirkt vor allem eine harmonische Ernährung der Pflanzen. Ausgewogene Bodenpflege und Düngung sorgen dafür, daß kräftige, widerstandsfähige Gewächse entstehen. Blattläuse bevorzugen dagegen überdüngte Pflanzen mit schwammigem Gewebe. Gefährdet sind aber auch schwächliche Kümmerlinge, die zu wenig Nahrung erhielten.
Der richtige Standort, genügend Licht und gute Luftzirkulation tragen ebenfalls zur Abwehr der kleinen Schmarotzer bei. Wichtig ist es auch, daß der Boden öfter gelockert und feuchtgehalten wird. Am besten geschieht dies durch Mulchdecken.
Bei einem plötzlichen Auftauchen der Blattläuse kann ein kräftiger Guß mit Brennessel-Jauche bereits hilfreich sein. Manchmal vertreibt diese Maßnahme den Spuk innerhalb weniger Tage. Die Pflanzen nehmen diese nahrhafte, stärkende Brühe sehr rasch auf und sind deshalb schon nach kurzer Zeit widerstandsfähiger gegenüber Schädlingen. Die Brennessel-Jauche wirkt also »von innen«.
Eine vorbeugende Stärkung vieler Pflanzen erreichen Bio-Gärtner auch durch das Überpudern der Blätter mit Steinmehl oder Algenpräparaten.

Abwehr und Notwehr
sind auf vielerlei Weise möglich. Pflanzenbrühen, Kräutertees und der Brennessel-Kaltwasserauszug können gegen Läuse eingesetzt werden. Wenn nur wenige Tiere auftauchen, kann der Bio-Gärtner sie mit der Hand ablesen oder mit einem Wasserstrahl abspritzen. Bei stärkerem Befall wirken Quassia- oder Schmierseifenbrühe sehr zuverlässig. Auch die im Handel erhältlichen Pyrethrum-Präparate gehören zu den rettenden Mitteln in Notfällen.
Die folgenden Ratschläge sind auf die verschiedenen Läusearten und ihre »Lieblingspflanzen« abgestimmt:
Grüne Blattläuse – dazu gehören zum Beispiel die Grüne Apfelblatt-

Geburt einer grünen Blattlaus.

laus, die Grüne Pfirsichblattlaus, die Grüne Pflaumenblattlaus und die Rosenblattlaus.
Gießen Sie Obstbäume und Rosen mit Brennessel-Jauche. »Beißende Brennessel-Brühe« muß mehrmals kurz hintereinander gespritzt werden (Rezept S. 48). Wirksam sind auch selbst hergestellte Spritzbrühen aus Farnkraut, Wermut oder Rainfarn.
In Notfällen nehmen Sie Quassia-Brühe, Schmierseifen-Brühe oder im Handel erhältliche Pyrethrum-Mittel.
Bei Obstbäumen helfen eine gepflegte Baumscheibe und der Stammanstrich (siehe Seite 98). Kapuzinerkresse wehrt durch ihren Geruch Blattläuse ab. Im Rosenbeet gehört der Lavendel zu den läuseabwehrenden Nachbarpflanzen.

Schwarze Läuse an Bohnen, Kirschbäumen oder Blütensträuchern können mit den allgemein gegen Läuse angewendeten Mitteln in Grenzen gehalten werden. Ergänzend dazu noch einige spezielle Tips:
Säen Sie Bohnenkraut als Nachbarpflanze zu Buschbohnen. Das stark duftende Kraut wehrt Läuse ab.
Die schwarzen Läuse an den Dicken Bohnen (Puffbohnen) können Sie vorbeugend überlisten durch möglichst frühe Aussaat und luftigen Stand. Sobald Läuse auftauchen, kneifen Sie die Spitzen der Pflanzen aus. Wenn die Bohnen nicht allzu stark von schwarzen Läusen befallen sind, helfen auch Spritzungen mit Rhabarbertee (siehe Tabelle Seite 52). Unter den Kirschbäumen können Sie auf der Baumscheibe Kapuzinerkresse aussäen. Diese

Schwarze Läuse treten oft in großen Mengen auf. Ameisen pflegen die Tiere gern als »Honigkühe«. Die klebrigen Ausscheidungen fördern den schwarzen Rußtau.

Abwehrpflanze wirkt hier nicht nur durch ihre stark riechenden Inhaltsstoffe; sie zieht die schwarzen Läuse an und entlastet dadurch den Obstbaum.

Blutläuse sitzen unter wolligen Wachsausscheidungen vor allem in den Ritzen der Baumstämme. Wenn man sie zerdrückt, erscheint ein braunroter Saft. Diese Läuse kommen vor allem an Apfelbäumen und Rosen vor.

Wo es möglich ist, sollten Sie die Stellen mit Blutlaus-Kolonien gründlich abbürsten. Stark verseuchte Zweige müssen Sie eventuell abschneiden. Wichtig ist der Stammanstrich (siehe Seite 98), der die Schlupflöcher vermindert.

Ein bewährtes, naturgemäßes Abwehrmittel ist die Aussaat von Kapuzinerkresse auf der Baumscheibe. Diese Maßnahme müssen Sie allerdings mehrere Jahre hintereinander durchführen.

Gegen überwinternde Blutlauslarven hilft eine Winterspritzung mit biologischem Weißöl (siehe Tabelle Seite 111).

Im übrigen können Sie in Notfällen mit Farnkraut-Brühe oder Schmierseifen-Brühe spritzen.

Schildläuse besitzen einen festen Schild, der sie wie ein kleiner Panzer einhüllt. Sie sind deshalb schwieriger zu treffen als die weichhäutigen Läusearten. Die weiblichen Tiere finden sich auf Apfel-, Birn- und Pfirsichbäumen; die Männchen bevorzugen Rosen, Eichen und Birken. Schildläuse befallen auch viele Zimmerpflanzen. Sie bilden Kolonien, die vor allem die Zweige mit festen Krusten überziehen.

Obstbäume können Sie durch re-

Der Geruch der Kapuzinerkresse wirkt gegen Blutläuse, vor allem an Obstbäumen.

Schildläuse an einem Zweig (stark vergrößert).

gelmäßigen Stammanstrich schützen. Wo viele Tiere überwintert haben, hilft eine zeitige Frühjahrsspritzung mit Weißöl.
Bevor ein biologisches Mittel angewendet wird, sollten Stämme und Äste gründlich abgebürstet werden. An Rosen (oder Zimmerpflanzen) zerdrücken Sie die Tiere am besten mit den Fingern. Als Spritzmittel helfen Schmierseife und Pyrethrum-Präparate.
Denken Sie bei allen Abwehrmaßnahmen stets daran, daß ein Teil der Läuse auch als Nahrung für Vögel, Marienkäfer, nützliche Wespenarten, Florfliegen und Schwebfliegen dient. Eine radikale Vertreibung hätte nicht nur für die »Schädlinge«, sondern auch für die »Nützlinge« tödliche Folgen.

Wühlmäuse

Wühlmäuse werden auch Schermäuse, Erdratten oder Wühlratten genannt. Diese Nagetiere können dort, wo sie in Mengen auftauchen, im Garten große Schäden anrichten. Der Gärtner bekommt die Tiere, die nur nachts ihre Gänge verlassen, selten zu Gesicht. Sie sind 12 bis 20 cm groß, der Schwanz mißt bis zu 10 cm. Typisch für Wühlmäuse ist eine gedrungene Kopfform; die Ohren sind fast im Fell verborgen. Das Haarkleid besitzt eine dunkel- bis gelbbraune Färbung.
Bio-Gärtner dürfen die Gänge der

Narzissenzwiebeln sind nicht in Gefahr.

gefräßigen Erdratte nicht mit denen des nützlichen Maulwurfs verwechseln. Beachten Sie die folgenden Unterschiede:
Wühlmaushügel sind flacher als Maulwurfshügel. Die unterirdischen Gänge der Schermaus verlaufen gerade; die Wände sind glatt, der Durchmesser gleicht einem stehenden Ei. Die Ausgänge werden von den Tieren stets sorgfältig verschlossen.
Maulwurfsgänge sind meist rundlich geformt, selten queroval. Sie verlaufen in Windungen. An den Wänden hängen Wurzelreste, die den Maulwurf nicht weiter interessieren, weil er als Fleischfresser auf der Jagd nach Larven, Engerlingen, Würmern und Nacktschnecken ist.
Wühlmäuse fressen dagegen mit Vorliebe Wurzeln und Rinde. Wurzelgemüse und Salatpflanzen mit ihren langen Pfahlwurzeln sind besonders gefährdet. Junge Obstbäume

Pfingstrosenwurzeln werden gefressen.

Abwehrpflanzen: Kaiserkronen ...

und Rosensträucher gehören zu den beliebten Zielen der Nagetiere. Tulpen- und Lilienzwiebeln schätzen sie als Delikatessen ebenso wie die Wurzelstöcke von Pfingstrosen und Rittersporn. Narzissenzwiebeln rühren die Tiere dagegen nicht an!

Natürliche Wühlmaus-Vertilger sind Hauskatzen, Iltis, Greifvögel, Waldkauz und Schleiereulen. Die Wildtiere tauchen allerdings nur noch sehr selten in Gartennähe auf.

... und ausdauernde Wolfsmilch.

Vorbeugende Maßnahmen helfen gegen Wühlmausplagen nur sehr begrenzt. So sollten in naturgemäßen Gärten die Mulchdecken nur dünn ausgelegt werden, sobald Erdratten entdeckt werden. Kontrollieren Sie öfter mit einem Holzstab, der an verschiedenen Stellen in die Erde gesteckt wird, ob sich Gänge unter dem Mulch befinden. Abwehrpflanzen, die durch ihre intensiven Gerüche die Nagetiere stören, können rechtzeitig rings um den Garten oder um besonders gefährdete Beete gepflanzt werden. Dazu gehören: Kaiserkrone *(Fritillaria imperialis)*, Wolfsmilch *(Euphorbia lathyris)*, Hundszunge *(Cynoglossum officinale)*, Knoblauch und Schwarze Johannisbeeren. Absolut zuverlässig wirkt dieser pflanzliche

Wühlmausschreck aber nicht. Am besten kombinieren Sie solche Abwehrpflanzen mit anderen Mitteln, um mehr zu erreichen.

Abwehr und Notwehr
müssen sorgfältig und ausdauernd ausgeübt werden, wenn die Tiere wirklich erfolgreich vertrieben oder dezimiert werden sollen. Wühlmäuse haben sehr empfindliche Ohren und gute Nasen. Denken Sie daran, wenn Sie Fallen oder Köder auslegen. »Menschengeruch« wirkt immer als Warnsignal. Arbeiten Sie deshalb mit Gartenhandschuhen, oder reiben Sie Ihre Hände gründlich mit Erde ab.

Ein altes Abwehrmittel sind leere Flaschen, die etwas schräg in die Erde eingegraben werden. Wenn der Wind über die Öffnungen streicht, erzeugt er einen feinen

So werden Flaschen schräg eingegraben.

Nußbaum-, Holunderblätter, Thuja, Knoblauch.

Pfeifton, der den Ohren der Wühlmäuse unangenehm ist.

Vertrieben werden die Tiere auch, wenn der Gärtner stark riechende Substanzen in die Gänge legt. Bewährt haben sich in biologischen Gärten zum Beispiel Thujazweige, Nußbaumblätter, Knoblauchzehen,

Geschickte Ablenkung: Topinamburpflanzung.

Fischköpfe und Jauche aus Holunderblättern.
Auch Topinamburpflanzungen haben einen nützlichen Effekt: Wühlmäuse lieben die Knollen dieser sonnenblumenähnlichen Stauden. Unter den Wurzeln kann der Gärtner sie leicht und in größeren Mengen aufspüren. Mit Hilfe von Fallen oder Ködern kann er die Tiere dann fangen. Außerdem werden durch eine solche Lockpflanzung andere Kulturen im Garten verschont.
Hundertprozentig wirken alle diese Methoden nicht, sobald Wühlmäuse in größeren Mengen auftauchen oder aus der Umgebung immer wieder einwandern. Am besten probieren Sie diese Maßnahmen als zusätzliche Abwehr aus.
Sehr zuverlässig wirken im Grunde nur zwei tödliche Mittel: Fallen und Köder. Speziell konstruierte Wühlmausfallen sind überall im Fachhandel erhältlich. Sie müssen aber geschickt gehandhabt und eine Zeitlang systematisch aufgestellt werden. Dann kann der Gärtner den größten Teil der schädlichen Nager aus der (Garten-)Welt schaffen.
Als wirksamer biologischer Köder erweist sich das Präparat »Quiritox«, das Sie im Handel kaufen können. Es besteht aus Pflanzenwurzeln, Johannisbrot und Cumarin (siehe Tabelle Seite 111). Dieses Mittel nehmen die Wühlmäuse gern, weil es verlockend nach ihren Lieblingswurzeln duftet. Das Cumarin verhindert nach dem Fressen die Blutgerinnung.
Mit dieser Methode sterben die Tiere schmerzlos und trocknen dann wie Mumien ein. Für Haustiere, Wildtiere und Menschen bedeutet diese Art der Wühlmausvergiftung keine Gefahr.

Eine der im Handel käuflichen Wühlmausfallen.

Das Auslegen biologischer Köder.

Wenn es einmal brennt

Einige Bio-Gärtner haben auch mit einer Wasserfalle gute Erfahrungen gemacht. Sie graben dort, wo Sie einen viel benutzten Gang entdekken, einen Eimer ein, dessen Rand mit der unteren Ebene des Ganges in gleicher Höhe liegen muß. Das Gefäß wird zu reichlich zwei Dritteln mit Wasser gefüllt. Bis zum Rand müssen mindestens 10 cm frei bleiben. Wühlmäuse, die in diese Wasserfalle stürzen, können an den glatten Rändern nicht wieder hochklettern.
Starke Giftstoffe, Mineralöl oder Auspuffgase sollten in einem naturgemäßen Garten nicht verwendet werden. Dies ist eigentlich selbstverständlich, aber manche Gärtner sind in ihrer Verzweiflung zeitweise doch in Versuchung, alles Mögliche auszuprobieren, wenn es nur hilft. In solchen Fällen ist der Umweltschaden aber viel größer als eine kurzfristige Besserung der Erdrattenplage.
Sehr nützlich ist es, wenn Sie Ihre Wühlmaus-Aktion mit den Nachbarn absprechen und gemeinsam handeln. Anderenfalls kann es passieren, daß Sie die Nager nur über die Grenze treiben. Nach einiger Zeit werden die Tiere unweigerlich zu Ihnen zurückkehren, angelockt von saftigen Gemüse- und Obstgarten-Delikatessen. Deshalb sind alle Abwehrmaßnahmen etwas problematisch. In diesem Fall ist auch einem friedfertigen Gärtner nur geholfen, wenn die Maus mausetot ist. Leider.

Echter Mehltau

Zu den am weitesten verbreiteten Pilzerkrankungen gehört der Echte Mehltau. Er zeigt sich deutlich durch einen weißen, »mehligen« Belag auf den Blättern, die dann frühzeitig verdorren. Der Echte Mehltau ist ein Schönwetter-Pilz, der sich vor allem in trockenen Sommerwochen ausbreitet.
Besonders anfällig sind Rosen, Rittersporn, Phlox, Astern, Stachelbeeren, Obstbäume, Gurken und Weinreben.

Vorbeugende Maßnahmen
beginnen bereits beim Samen- und Pflanzenkauf. Sowohl bei den Zierpflanzen als auch bei Gemüse und Obstarten wurden zahlreiche mehltauresistente Sorten gezüchtet. Achten sie darauf besonders bei Spinat, Gurken, Astern, Rittersporn, Rosen und Stachelbeeren.
Luftiger Stand mit genügend Zwischenraum, gute Bodenbedingungen und günstiges Kleinklima beugen ebenfalls dem Pilzbefall vor. Übermäßig getriebene Pflanzen werden leicht ein Opfer der Pilzinfektion. Harmonische Düngung und kräftiger Wuchs schützen dagegen die Blätter vor dem Eindringen der Sporen.
Sehr bewährt hat sich seit Jahrzehnten die Schachtelhalm-Brühe als vorbeugendes Spritzmittel gegen Pilzerkrankungen (siehe Rezept Seite 51). Sie können dazu

Obstbäume sind oft mehltaugefährdet.

frisches Kraut oder getrocknete Droge verwenden. Im Handel sind außerdem mehrere Schachtelhalm-Präparate zu kaufen (siehe Tabelle Seite 113).

Besonders wirkungsvoll ist der kieselhaltige Schachtelhalm, wenn die Brühe im Abstand von 2 Wochen mehrmals vorbeugend über die Pflanzen und den Boden versprüht wird. Dies geschieht am besten an einem sonnigen Vormittag. Sie können damit bereits im späten Frühling beginnen, sobald die Blätter erscheinen.

Vorbeugende Spritzungen gegen Mehltau können Sie auch aus Rainfarn-Tee, gemischt mit Schachtelhalm (Rezept: Tabelle Seite 51), durchführen. Eine Brühe aus Knoblauch und Zwiebeln (Rezept: Tabelle Seite 51) stärkt die Abwehrkräfte der Pflanzen gegenüber Pilzerkrankungen. Nach den Erfahrungen biologisch arbeitender Gärtner wirkt dieses natürliche Spritzmittel besonders bei Kartoffeln und Erdbeeren.

Ähnlich wie Schachtelhalm kann Wasserglas eingesetzt werden. Dieses Mittel wird nach Bedarf mit Netzschwefel gemischt.

Bei Stachelbeeren ist es wichtig, beim Auftauchen des Mehltaus die Triebspitzen bis ins gesunde Holz einzukürzen. Denn die Pilzsporen überwintern in den Spitzen! Auch bei anderen Pflanzen hilft es, wenn mehltauverseuchte Blätter zu Beginn der Erkrankung möglichst rasch abgeschnitten werden. So

Mehltau an einem Birnbaum.

beugen Sie der weiteren Verbreitung vor.
Im Handel gibt es inzwischen außer Schachtelhalm eine ganze Reihe von Bio-Präparaten, die vorbeugend gegen Pilzerkrankungen wirken (siehe Tabelle Seite 112). Einige Mittel sind spezialisiert und können zum Beispiel gegen Grauschimmel an Erdbeeren eingesetzt werden.

Direkte Abwehr
gelingt beim Echten Mehltau nur mit wenigen naturgemäßen Mitteln. Wenn die Pflanzen bereits mit dem weißen Pilzbelag überzogen sind, können Bio-Gärtner vor allem Spritzmittel einsetzen, die Netzschwefel enthalten. Meist sind diese Präparate außerdem mit Wildkräuter-Auszügen, Zwiebel-Extrakten und Naturmineralen gemischt. Die wichtigsten dieser im Handel angebotenen Mittel finden Sie in der Tabelle ab Seite 110.
Das einzige rein pflanzliche Fungizid (Mittel gegen Pilzkrankheiten), das von der Biologischen Bundesanstalt nach umfangreichen Versuchen zugelassen wurde, ist das Präparat »Bio-Blatt«. Dieses Spritzmittel enthält als Hauptwirkstoff ein Pflanzenöl, das aus Sojabohnen gewonnen wird. Es wirkt bei Rosen und anderen Zierpflanzen auch dann, wenn der Echte Mehltau bereits ausgebrochen ist. Vorbeugende Spritzungen mit »Bio-Blatt« stärken die Widerstandskraft von Stachelbeeren und Gurken gegen Pilzerkrankungen.
Die meisten biologischen Mittel gegen Pilzerkrankungen wirken dagegen »nur« vorbeugend. Diese Behandlung ist aber sehr sinnvoll, weil damit dem Ausbruch der Krankheit bereits rechtzeitig ein Riegel vorgeschoben wird.
Stärker eingreifende Mittel werden dadurch oft nicht gebraucht.

Im Blickpunkt: Ihre Lieblingspflanzen

Jeder Gärtner besitzt Pflanzen, die ihm besonders am Herzen liegen. Bei diesen Lieblingskindern achtet er ganz besonders auf gute Gesundheit. Wenn dennoch irgendwo ein Schaden auftritt, dann möchte er für sie so schnell wie möglich das beste Mittel, die wirkungsvollste Maßnahme bereithalten.
Für solche speziellen Kulturen ist dieses Kapitel gedacht. Sie finden hier zahlreiche Bio-Tips rund um Ihre Lieblingspflanzen. Darunter gibt es auch einige besondere Empfehlungen oder Rezepte, die im allgemeinen Teil des Buches nicht aufgeführt sind. Wenn Ihnen Ihre Rosen oder Ihre Beeren Kummer bereiten, dann finden sie auf den folgenden Seiten rasch Antworten auf spezielle Fragen und erste Hilfe in der Not.

Gesunde Rosen

Der erste Schritt zur Gesundheit sind die richtigen Kulturbedingungen. Rosen gedeihen am besten in lehmiger, aber humusreicher und durchlässiger Erde. Sie lieben einen sonnigen Standort und dürfen nicht zu eng gepflanzt werden.
Leichte, sandige Böden sollten Sie regelmäßig mit Kompost und Tonmehl verbessern. Schwere, tonige

Robust und gesund ist die einfach blühende Kletterrose 'Parkdirektor Riggers'.

Hochstammrosen wirken hübsch, sind aber in rauhen Landschaften frostgefährdet.

Böden müssen gründlich gelockert werden, bevor Sie dort Rosen pflanzen können. Am besten wirkt tiefwurzelnde Gründüngung als Vorfrucht. Sand, Kompost und Mulchdecken tragen auf die Dauer ebenfalls zur Lockerung der Erde bei. Der ideale Rosendünger ist gut verrotteter Rindermist. Da er für die meisten Bio-Gärtner unerreichbar geworden ist, verwenden Sie am besten einen guten organischen Handelsdünger. Geeignet sind Mischungen aus Horn-Blut-Knochenmehl, echter Guano oder getrockneter Rindermist. Auch eine solche harmonisch abgewogene Düngung trägt bereits dazu bei, daß Ihre Rosen sich zu kräftigen und widerstandsfähigen Pflanzen entwickeln. Achten Sie außerdem beim Kauf der Rosen auf Sorten, die zum Klima Ihres Gartens passen. Verzichten Sie lieber in rauhen Landschaften auf empfindliche Neuzüchtungen und frostgefährdete Hochstämmchen. An robusteren Arten und Sorten werden Sie bestimmt mehr Freude haben. Naturgemäß bedeutet hier: angepaßt an die Bedingungen einer Landschaft, an Wärme und Kälte, an Regen und Wind.

Wenn Sie die Kataloge guter Baum- oder Rosenschulen aufmerksam lesen, dann werden Sie überall Hinweise auf Winterhärte und robustes Wachstum finden. Umgekehrt machen verantwortungsbewußte Züchter auch auf Schwächen aufmerksam. So ist manchmal eine aparte Liebhabersorte anfällig für Rost oder Mehltau. Wer sie wegen ihrer Schönheit oder ihres Duftes dennoch pflanzt, der weiß – bei entsprechenden Hinweisen – von Anfang an, worauf er achten muß.

Nicht nur rauhe Winter bringen Gefahren für die Gesundheit, auch heiße Sommerwochen haben ihre Tücken. So kann ein Gärtner allein durch seine Gießmethode Schaden anrichten oder Unheil vermeiden. Stellen Sie als naturbewußter Gärtner niemals den Wassersprenger vor Ihr Rosenbeet. Die tropfende Nässe verdirbt die Blüten, und die Feuchtigkeit auf den Blättern bildet an warmen Tagen die ideale Voraussetzung für Pilzinfektionen!

Gießen Sie auch niemals in den heißen Mittagsstunden. Jeder Tropfen auf den Blättern wirkt dann wie ein Brennglas. Die Folge sind Verbrennungsschäden.

Wässern Sie bei trockenem Wetter zwei- bis dreimal in der Woche gründlich und durchdringend. Gießen Sie dabei direkt in den Wurzelbereich am Fuß der Pflanzen. Regenwasser oder abgestandenes, temperiertes Wasser aus einer Tonne sind pflanzenfreundlicher als totes, kaltes Leitungswasser. Bei großen Rosenbeeten müssen Sie notfalls zum Schlauch greifen. Das ist aber immer noch besser als die Beregnung von oben.

Wenn trotz aller guten Pflege einmal Schädlinge oder Krankheiten an Ih-

Gute Partner: Rosen und Rittersporn.

ren Rosen auftauchen, dann können Sie sich mit den folgenden Mitteln helfen.

Bodenälchen
Gegen eine Verseuchung der Erde mit Älchen hilft eine dichte Teppichpflanzung aus Studentenblumen *(Tagetes).* Sie sollte vom Frühling bis zum Herbst alle freien Stellen zwischen den Rosen bedecken. Sorgen Sie anschließend dafür, daß Ihre Rosen keine Monokultur bilden. Gemischte Pflanzungen sind gesünder! Stauden wie Rittersporn, Madonnenlilien, Lavendel und Schleierkraut passen gut zu Rosen. Auch Gräser und Sommerblumen sind »standesgemäße« Partner für die edle Blumenkönigin.

Läuse
Lavendel als Nachbarpflanze wehrt Läuse von den Rosen ab. Ein kräftiger Guß Brennessel-Jauche hilft, wenn die ersten Läuse auftauchen. Zu Beginn der Plage können Sie

Blattläuse sind die Ursache des »Rollblatts«.

Grüne Blattläuse an einer Rosenknospe.

mehrmals hintereinander mit Brennessel-Kaltwasserauszug (Rezept Seite 50) spritzen. Auch Wermut-Tee oder Farnkraut-Brühe helfen in dieser Situation.
Kräftige Blätter mit festem Gewebe sind bei Läusen nicht beliebt. Bio-Gärtner pudern ihre Rosensträuche deshalb zu Beginn der Vegetationszeit öfter mit Steinmehl oder Algenpräparaten ein. Diese staubfeinen Mittel haften am besten morgens, wenn die Blätter noch feucht vom Tau der Nacht sind. Sie werden durch diese Behandlung gestärkt. Wenn durch ungünstige Witterung oder während des Umstellens eines Gartens auf die biologische Methode einmal eine schlimme Läuseinvasion auftritt, dann können Sie sich durch eine Spritzung mit Quassia-Brühe, Schmierseifen-Brühe oder einem käuflichen Pyrethrum-Präparat helfen.

Im Blickpunkt: Ihre Lieblingspflanzen

Echter Mehltau
Er zeigt sich durch einen mehligen, weißen Belag auf den Blättern. Spritzen Sie vorbeugend mehrmals mit Schachtelhalm-Brühe. Zwiebelschalen-Tee oder Knoblauch-Zwiebel-Jauche wehren gleichfalls diese Pilzkrankheit ab. Auch im Handel erhältliche Bio-Mittel können hilfreich sein.
Wenn die Krankheit ausgebrochen ist, wirken nur noch Präparate, die Netzschwefel enthalten, oder das pflanzliche Fungizid »Bio-Blatt« (siehe Tabelle Seite 112).

Rost
Bei dieser Pilzerkrankung erscheinen rostbraune Flecken auf den Blättern. Durch Mulchen, gesunde Sortenwahl und Mischkultur beugen Sie vor. Außerdem helfen regelmäßige Spritzungen mit Schachtelhalm-Brühe.
Kranke Blätter sollten Sie sofort absammeln und vernichten. Einige biologische Handelspräparate sind ebenfalls hilfreich.

Sternrußtau
Diese Pilzerkrankung erkennen Sie an runden, schwarzbraunen Flekken auf den Blättern, die mit der Zeit abfallen. Oft stehen Rosensträucher dann im Spätsommer schon fast »nackt« da.
Sammeln Sie kranke Blätter unbedingt ein, damit die Pilzsporen sich nicht verbreiten können. Vorbeugend wirken Spritzungen mit

Rosenrost – eine verbreitete Pilzkrankheit.

Schachtelhalm-Brühe. Streuen Sie außerdem reine Holzasche zwischen die Rosen. Sie wirkt desinfizierend.
Die im Handel erhältlichen biologischen Pilzmittel müssen auf jeden Fall öfter gespritzt werden.

Bio-Mittel für gesunde Rosen
Speziell auf die Bedürfnisse der Rosen abgestimmt sind einige Präpa-

Teeabfälle fördern gesundes Rosenwachstum.

rate und Dünger, die diesen Pflanzen zu kräftigem und gesundem Wachstum verhelfen. Dazu gehören zum Beispiel »Oscorna Rosenstärkung«, »Rosen-Azet« (aus der Serie »Die Biologischen von Neudorff«) und »ECO-Rosenpflegemittel« (Firma Cohrs).
Fast umsonst wirkt ein alter Gärtnertrick: Streuen Sie Ihre Teeabfälle (schwarzer Tee und Kräutertees) immer rund um die Rosensträucher. Dieser Spezialmulch erhält die Pflanzen auffallend gesund. Eine ausreichende wissenschaftliche Erklärung gibt es dafür noch nicht, aber die Praxis beweist den Erfolg.

Erdbeeren werden in guten Kompost gepflanzt.

Gesunde Erdbeeren

Zu den Vorfahren unserer großen Gartenerdbeeren gehört die aromatische kleine Walderdbeere. Sie gedeiht am Rande des Mischwaldes

Vorbild für den Garten: Walderdbeeren.

und auf sonnigen, geschützten Lichtungen. Dort ist die Erde humusreich, leicht sauer und immer mit Laub bedeckt. Ähnliche Wachstumsbedingungen lieben auch die Erdbeeren im Garten.
Halten Sie sich bei der Anlage und der Pflege eines Erdbeerbeetes stets die Wald-Heimat der süßen Beeren vor Augen, dann werden Sie ihnen ganz von selbst naturgemäße Bedingungen schaffen.
Die Pflanzen brauchen ein sonniges, geschütztes Beet, lockere Erde und leicht sauren Humus. Geben Sie ihnen reichlich Kompost, und bedecken Sie den Boden während des ganzen Jahres mit einem sauer reagierenden Material. Dazu

Gesunde junge Erdbeerpflanzen.

eignen sich besonders Laub, Rindenabfall, zerkleinerter Baumschnitt, Nadelstreu oder Hobelspäne. Wo solche Abfälle nicht vorhanden sind, da können Sie auch Stroh oder Grasschnitt verwenden. Bei dieser Pflege gedeihen Erdbeeren sehr harmonisch. Sie bleiben widerstandsfähig gegen Krankheiten und bilden auffallend süße, aromatische Früchte.
Auch die richtige Ernährung trägt zu einer gesunden Entwicklung bei. Erdbeeren werden nach der Ernte gedüngt. Dazu können Sie im naturgemäßen Garten gutverrotteten Rindermist, getrockneten Rinderdung oder eine Mischung aus Horn-Blut-Knochenmehl verwenden. Im Handel werden auch biologische Erdbeer-Spezialdünger angeboten: zum Beispiel »Oscorna natürlicher Beerendünger« und »Erdbeer-Azet« von Neudorff.
Wenn Sie die richtigen Grundlagen geschaffen haben, auf denen Erdbeeren ihrer Natur gemäß gedeihen können, dann werden Sie auf die Dauer kaum mit Krankheiten zu kämpfen haben. Mit natürlichen Spritzmitteln und krankheitsabwehrenden Mischkulturen können Sie noch zusätzlich für gesundes Wachstum sorgen. Knoblauch und Zwiebeln beugen zum Beispiel im Erdbeerbeet Pilzerkrankungen vor. Schließlich gibt es auch für Notfälle und für die Übergangszeit während

Einwandfreie Bio-Erdbeeren auf Strohmulch.

der Umstellung auf die biologische Methode eine Menge hilfreicher Rezepte und Präparate.

Grauschimmel

Erdbeeren sind besonders anfällig für den Grauschimmel. Er zeigt sich durch einen grauen Schimmelbelag auf den Blättern, vor allem aber auf den Früchten. Das Gewebe stirbt ab; die Beeren werden ungenießbar.

Gegen diese Pilzkrankheit sollte möglichst vorbeugend gehandelt werden. Setzen Sie zwischen die Erdbeerpflanzen innerhalb der Reihe Zwiebeln oder Knoblauch als pilzhemmende Mischkultur. Besondere Gefahr besteht in nassen Jahren. Wenn die Erdbeeren weit und luftig gepflanzt werden, ist die Infektionsgefahr geringer. Auch lockere Erde und Mulch tragen zur Widerstandsfähigkeit der Kultur ge-

Knoblauch beugt Pilzerkrankungen vor.

Grauschimmel an Erdbeeren.

genüber dem Grauschimmel bei. Spritzen Sie vorbeugend mehrmals mit Schachtelhalm-Brühe. Kräftigend und gesundend wirkt auch eine flüssige Düngung mit Brennessel-Jauche. Vorbeugend können Sie das Bio-Spezialpräparat »ECO-Erdbeerspritzmittel« verwenden. Eine Reihe anderer käuflicher Mittel, die allgemein gegen Pilzerkrankungen eingesetzt werden, finden Sie in der Tabelle Seite 112.
Wenn der Grauschimmel auftaucht, müssen Sie alle kranken Pflanzenteile regelmäßig entfernen und vernichten. Versorgen Sie dann die Pflanzen direkt nach der Blüte mit einer besonders reichlichen Portion Kompost.

Erdbeerblütenstecher
Wenn die Blütenknospen eintrocknen und abfallen, ist der Erdbeerblütenstecher am Werk. Sie können den kleinen Käfer rechtzeitig abschrecken, wenn Sie im Frühling mit Farnkraut mulchen. Bei den ersten Anzeichen sollten Sie mit Rainfarn-Tee spritzen. Nach der Ernte sprühen Sie dieses Kräuterpräparat noch einmal über die Erdbeerpflanzen und den Boden.
Wenn der Erdbeerblütenstecher zur Plage wird, dann können Sie auch die im Handel erhältlichen Pyrethrum-Mittel einsetzen und direkt spritzen.

Erdbeerspritzung mit Schachtelhalm-Brühe.

Gesunde Tomaten

Die Tomaten stammen aus Mittelamerika und brauchen deshalb auch bei uns viel Sonne und Wärme. An feuchten, schattigen Plätzen werden die »Liebesäpfel« der Azteken mit Sicherheit kümmerlich wachsen und anfällig für Krankheiten werden.
Wählen Sie für eine gesunde Tomatenkultur auf jeden Fall einen geschützten, sonnigen Platz aus. Ideal ist der Standort vor einer weißen Wand, die die Sonne reflektiert und so für zusätzliche Wärme sorgt. Tomaten sind große »Fresser« und »Säufer«. Sie brauchen guten, nährstoffreichen Boden und viel Feuchtigkeit. Versorgen Sie die Pflanzung mit reichlich Kompost und einem organischen Dünger. Dazu eignen sich zum Beispiel verrotteter Mist, getrockneter Rinderdung, echter Guano oder eine Mischung aus Horn-Blut-Knochenmehl. Vom Frühsommer bis zum Spätsommer soll-

Im Blickpunkt: Ihre Lieblingspflanzen

Gießhilfe für durstige Tomaten: ein Blumentopf.

ten Sie noch zwei- bis dreimal für flüssigen Nahrungsnachschub sorgen. Pflanzenjauche aus Brennesseln und Comfrey ist dafür besonders empfehlenswert.

Bei Trockenheit müssen Tomaten durchdringend gewässert werden. Dabei hilft ein alter Gärtner-Trick: Graben Sie schon bei der Pflanzung einen Blumentopf neben dem Wurzelballen schräg in die Erde. Wenn Sie in diesen Topf gießen, dann fließt das Wasser durch das Bodenloch direkt zu den Tomatenwurzeln. Auch Regenwasser wird auf diese Weise gesammelt und langsam weitergeleitet.

Eine Mulchdecke oder Mischkulturen tragen ebenfalls dazu bei, den Boden unter den Tomatenpflanzen feucht zu erhalten. Verwenden Sie zum Mulchen soweit wie möglich Tomatenabfälle (Geiztriebe oder Blätter). Denn dieses Nachtschattengewächs fühlt sich in seinem eigenen »Dunstkreis« am wohlsten. Tomaten fallen aus dem gleichen Grund auch nicht unter das Gesetz des Fruchtwechsels. Als einzige einjährige Pflanze des Gemüsegartens wollen sie jahrelang auf dem gleichen Stammplatz stehen. Ihre eigenen Abfälle bekommen diesen Pflanzen eigenartigerweise am besten.

Noch weiß niemand, warum es sich so verhält. Aber jeder Bio-Gärtner kann sich darauf verlassen, daß diese Ausnahme gilt und daß sie beachtet werden sollte, damit Tomaten gesund und üppig gedeihen.

Die folgenden Mischkulturen tragen gleichfalls zu einer harmonischen Entwicklung der Tomaten bei: Petersilie, Sellerie, Kohlarten, Salat, Knoblauch und Lauch sind günstige Nachbarn für die roten Paradiesäpfel. Neuseeländer Spinat oder Kapuzinerkresse bilden unter den Tomaten eine Bodendecke, die die Erde feucht hält.

Ungünstig wirkt sich die Nachbarschaft von Fenchel, Kartoffeln, Erbsen oder Gurken aus. Solchen wachstumshemmenden Kombinationen können Sie leicht aus dem Weg gehen.

Alle bisher beschriebenen Kulturtips wirken positiv auf eine gesunde Entwicklung und stärken die Pflanzen gegenüber Schädlingen und Krankheiten. Im Notfall helfen Ihnen die folgenden Ratschläge weiter.

Im Blickpunkt: Ihre Lieblingspflanzen

Blattfleckenkrankheit
Bei dieser Pilzerkrankung erscheinen auf den Blättern helle bis bräunliche Flecken, die eintrocknen. Die Blätter fallen dann ab. Die Krankheit verbreitet sich besonders bei feuchtem Wetter.
Befallene Blätter müssen Sie unbedingt einsammeln und vernichten, damit der Pilz sich nicht weiter ausbreiten kann.
Spritzen Sie die Pflanzen 3 Tage hintereinander mit Schachtelhalm-Brühe. Dies geschieht, entgegen der üblichen Regel, am besten bei feuchtem Wetter.
Wirksam ist auch eine selbst hergestellte Spritzbrühe aus Magermilch. Mischen Sie dafür $^1/_4$ l Magermilch intensiv mit 2 l Wasser. Diese Flüssigkeit wird einmal pro Woche über die Tomatenpflanzen gespritzt. In Gegenden, wo die Krankheit verbreitet ist, geschieht dies am besten vorbeugend.
Schließlich können Sie erkrankte Pflanzen auch mit Zwiebelschalen-Tee behandeln. Auch dieses Mittel sollte möglichst schon vorbeugend verwendet werden.

Kraut- und Knollenfäule
An den Blättern und Stengeln zeigt sich diese Pilzkrankheit durch braune Flecken. Das Kraut stirbt ab. Auf den Früchten bilden sich braungrüne bis schwärzliche Flecken. Die Tomaten werden hart.

Magermilchbrühe hilft gegen Pilzkrankheiten.

Krautfäule an Tomatenblättern ...

... und an den Früchten.

Auch bei dieser Pilzerkrankung kann der Bio-Gärtner die Pflanzen wie bei der Blattfleckenkrankheit mit Magermilch-Brühe oder Zwiebelschalen-Tee spritzen. Am besten geschieht dies bereits vorbeugend. Hilfreich ist auch das Bestäuben der Blätter mit Algenkalk oder Gesteinsmehl.

Im Handel gibt es verschiedene Algenpräparate und andere Mittel, die bei Pilzerkrankungen angewendet werden können (siehe Tabelle Seite 112). Sie müssen beim Auftreten der Krautfäule dreimal wöchentlich in kurzen Abständen gespritzt werden.

Sprühen Sie die pilzabwehrenden Präparate, wie Zwiebelschalen-Tee, Schachtelhalm-Brühe und entsprechende Handelsprodukte, auch über den Boden. Denn viele Pilze überwintern in der Erde!

Gesunde Tomaten aus einem Bio-Garten.

Gesunde Kräuter

Die meisten unserer Würz- und Heilpflanzen waren ursprünglich in den Ländern rund um das Mittelmeer zu Hause. Mönche brachten sie vor rund eineinhalb Jahrtausenden über die Alpen. Die aromatischen Pflanzen sind also schon seit vielen Jahrhunderten in unseren Gärten heimisch und an unser Klima angepaßt.
Dennoch gedeihen sie auch heute noch am besten, wenn sie unter heimatlichen Bedingungen wachsen können.
Die starkduftenden Kräuter Salbei, Rosmarin, Thymian, Quendel, Lavendel und Origano wachsen wild an sonnigen, steinigen Hängen rings um das Mittelmeer. Auch Weinraute, Bergbohnenkraut, Ysop, Wermut, Beifuß und Eberraute lieben solche Plätze.
Denken Sie bei der Anlage eines Kräuterbeetes immer daran, daß Standort und Bodenbedingungen einen wichtigen Einfluß auf die Qualität und auf die Gesundheit der Kräuter ausüben. Wenn Sie diesen würzig-heilsamen Gewächsen die Möglichkeit geben, ihrer Natur gemäß zu wachsen, dann werden Sie sich um Krankheiten oder Schädlinge kaum kümmern müssen.
Die meisten Kräuter gedeihen harmonisch auf einem mageren Boden, der gut wasserdurchlässig ist. Stauende Nässe verdirbt alle Würzpflanzen! Der Platz muß voll in der

Boretsch zwischen blühenden Margeriten.

Sonne liegen. Nur unter solchen Bedingungen entwickeln Kräuter ihre wertvollen Aroma- und Heilstoffe. Aus diesem Grund werden die Pflanzen des Kräutergartens fast nie gedüngt. Die beste Wachstumsgrundlage ist reifer Kompost, der regelmäßig über die Beete gestreut werden sollte. Wenn Sie Kräuter direkt düngen, dann entwickeln sie zwar mehr Blattwerk, aber das üppige Grün ist gehaltlos und fad. Die äußere Fülle geht auf Kosten der inneren Werte! Vor allem stickstoffhaltige Dünger haben aus diesem Grund im Kräutergarten nichts zu suchen!
Einige Ausnahmen bestätigen die Regel: Humusreichen, etwas feuchten Boden lieben Schnittlauch, Petersilie, Pimpinelle, Estragon, Lieb-

Weiß blüht der Kümmel im zweiten Jahr.

Im Frühling steht das Barbarakraut in Blüte.

stöckel, Kerbel, Beinwell, Barbarakraut, Löffelkraut und Pfefferminze. Diese Pflanzen, die bis auf den Estragon in unseren Breiten heimisch sind, vertragen auch lichten Schatten.

Nur in sehr armen Sandböden dürfen Sie diesen Kräutern ein wenig Dünger geben. Am besten verwenden Sie dann eine langsam wirkende Mischung aus Horn-Blut-Knochenmehl. Wichtiger ist die Sorge für die Verbesserung der Humusschicht. Pflegen Sie den sandigen Kräutergarten mit Kompost und Tonmehl.

Schwere, »fette« Böden müssen dagegen gründlich gelockert und unter Umständen mit reinem Sand vermischt werden. In solchen Lagen lohnt es sich, den Kräutergarten auf leicht erhöhten Beeten anzulegen, die im Untergrund eine gute Dränage aus Kies und Sand erhalten. Auch der Steingarten wäre in diesem Fall ein guter Platz für südländische Kräuter.

Wenn ein Bio-Gärtner diese Grundregeln der Kräuter-Kultur beachtet, dann hat er vorbeugend schon fast alles getan, um Krankheiten und Schädlinge von seinen Würzpflanzen fernzuhalten. Die Kräuter wachsen dann von selbst robust und gesund. Wenn irgendwo Läuse oder Mehltau auftreten, dann sind in der Regel Kulturfehler die Ursache: Überdüngung, zu viel Nässe, lichtarmer Standort oder zu eng stehende Pflanzen.

Im Blickpunkt: Ihre Lieblingspflanzen

Da die meisten Kräuter roh gegessen werden, sollten Sie in Notfällen nur pflanzliche Hilfsmittel verwenden. Die folgenden Rezepte helfen, wenn im Würzgarten etwas aus dem Gleichgewicht gerät.

Läuse
Grüne oder schwarze Läuse können zum Beispiel an Kresse, Boretsch oder Basilikum auftauchen. Klären Sie zunächst, welche Fehler Sie bei der Kultur gemacht haben. Um die Pflanzen zu retten, können Sie dann »Beißende Brennessel-Brühe«, Rhabarber-Tee oder Farnkraut-Brühe ausspritzen (siehe Tabelle Seite 50).

Mehltau
Pilzerkrankungen sind selten im Kräutergarten. Mehltau kann auf den Boretschblättern entstehen, wenn das Kraut zu eng steht. Entfernen Sie einige Pflanzen und sorgen Sie so für gute Durchlüftung. Geben Sie dem Boretsch einen Schuß Brennessel-Jauche und spritzen Sie mehrmals hintereinander mit Schachtelhalm-Brühe.

Erdflöhe
Die kleinen gefräßigen Käfer fallen im Frühling gern über die Kresse her. Säen Sie das Kraut vorbeugend in Mischkultur mit Salat. Hier muß der Boden feucht bleiben, denn Erdflöhe lieben trockene Erde. Der Geruch blühender Ginsterzweige vertreibt die Tiere.

Wurzelschäden an Petersilie
Manchmal wird die Petersilie ganz plötzlich krank und gelb. Oft sind die Wurzeln angefressen. Der Übeltäter ist in vielen Fällen die Möhrenfliege.
Mischkultur mit Zwiebeln, Lauch oder Schnittlauch hilft vorbeugend. Überbrausen Sie die Petersilie öfter mit stark riechenden Kräutertees aus Rainfarn oder Wermut.
Wichtig: Petersilie verträgt keinen frischen Dünger. Sie ist mit sich selbst unverträglich und muß deshalb jedes Jahr an eine andere Stelle gesät werden.

Pfefferminzrost
Wenn das Pfefferminzkraut zu eng steht, breiten sich auf den Blättern rostrote Flecken aus: der Pfefferminzrost. Schneiden Sie die Pflanzen dann radikal zurück. Der neue Austrieb ist wieder gesund.

Pfefferminze mit gelb-bunten Blättern.

Beerenobst aus naturgemäßem Anbau können Kinder unbesorgt ernten und essen.

Gesunde Beerensträucher

Stachelbeeren, Johannisbeeren, Himbeeren und Brombeeren sind in Nord- und Mitteleuropa zu Hause. Ihre wilden Vorfahren wuchsen am Waldrand, auf warmen Lichtungen oder in Auenwäldern. Himbeeren und Brombeeren finden Sie noch heute an solchen Plätzen.
Alle unsere heimischen Beerensträucher wachsen an ihren natürlichen Standorten an sonnigen oder leicht schattigen Stellen. Größere Bäume oder Sträucher halten kalte Winde ab, stehen aber weit genug entfernt, damit genügend Licht und Wärme den Beeren zugute kommt. Der Boden zu Füßen der wilden Beerensträucher ist stets bedeckt mit einem lockeren Teppich aus Laub, Wildkräutern und Gräsern. Darunter bleibt die Erde feucht und durchlässig.
Wenn ein Bio-Gärtner in seinem Beerengarten versucht, ähnliche Bedingungen zu schaffen wie an den natürlichen Heimatstandorten, dann hat er bereits die wichtigsten Voraussetzungen für gesundes Wachstum erfüllt. Manche Krankheit an Himbeeren oder Johannisbeeren hat ihre Hauptursache in naturwidrigen Kulturmethoden.
Pflanzen Sie Johannisbeeren an sonnige, geschützte Plätze. Sie gedeihen zum Beispiel gut an warmen Hängen im Schutz von Obstbäumen. Stachelbeeren vertragen etwas mehr Schatten, aber in der Sonne reifen süßere Beeren. Diese Sträucher wachsen gern auf lehmi-

gen, etwas kalkhaltigen Böden. Himbeeren und Brombeeren lieben feuchte, humusreiche Erde, die dem leicht sauren Waldboden gleicht. Himbeeren sind allgemein etwas anfälliger für Krankheiten, während Brombeeren sehr robust und anspruchslos wachsen.
Alle Beerenpflanzen werden im naturgemäßen Garten mit reichlich Kompost und organischem Dünger versorgt. Die wichtigste Pflegemaßnahme aber, die vielen Krankheiten vorbeugt, ist eine Mulchdecke, die während des ganzen Jahres unter den Sträuchern liegen muß. Diese Schicht aus organischem Material, das sich langsam in Humus umsetzt, hält die Erde feucht und locker. Sie schützt auch die flachwachsenden Wurzeln der Sträucher.
Als Bodendecke unter Johannisbeeren und Stachelbeeren eignen sich Stroh, Grasschnitt, zerkleinerte Brennesseln, Comfreyblätter, abgeschnittene Gründüngung, Laub oder holzige Abfälle.
Unter Himbeeren und Brombeeren kommen Laub, Hobelspäne oder zerkleinerte Zweige dem Waldboden-Charakter am nächsten. Sie können aber auch mit Stroh mulchen oder Nadelkompost unter die Sträucher streuen.
Eine lebendige, nährstoffreiche Bodendecke bildet eine Gründüngungseinsaat aus Perserklee oder Sommerwicken unter der Himbeerhecke. An den Wurzeln dieser Le-

Grasmulch für Beerenhochstämmchen.

Beerensträucher lieben leicht sauren Kompost.

guminosen sammeln sich Stickstoffknöllchen. Die grüne Pflanzendecke schützt den Boden. Sie friert über Winter ab und bleibt als Mulch liegen. Auch Ringelblumen sind als Unterkultur zu Himbeeren empfehlenswert.

Regelmäßiger Schnitt trägt wesentlich zur Gesundheit aller Beerensträucher bei. Für Stachelbeeren und Johannisbeeren ist ein luftiger Aufbau wichtig. Sträucher, bei denen die Zweige dicht ineinander wachsen, so daß weder Luft noch Licht ins Innere gelangen, sind anfällig für Krankheiten und Schädlinge.

Bei den Himbeeren müssen jedes Jahr die abgetragenen Ruten tief am Boden abgeschnitten werden. Auch bei den Brombeeren gehört der regelmäßige Schnitt zu den wichtigsten Pflegemaßnahmen. Anderenfalls entsteht in kurzer Zeit ein unentwirrbares Dornengestrüpp.

Achten Sie bereits bei der Sortenwahl auf Züchtungen, die nicht krankheitsanfällig sind. Bei den Stachelbeeren gibt es zum Beispiel Sorten, denen der Mehltau »im Blut liegt«, und mehltauresistente Züchtungen. Zahlreiche Hinweise auf empfehlenswerte Beerensorten finden Sie in dem umfassenden Nachschlagewerk »Der Bio-Garten«.

Alle Beerensträucher, die unter naturgemäßen Bedingungen wachsen und die regelmäßig gepflegt werden, sind kaum anfällig für Krankheiten und Schädlinge. Wenn dennoch Schäden auftreten, dann helfen Ihnen die folgenden Mittel.

Strohmulch unter einer Brombeerhecke.

Im Blickpunkt: Ihre Lieblingspflanzen

Säulchenrost an Johannisbeeren
Bei dieser Pilzkrankheit bilden sich an der Unterseite der Blätter gelbe Flecken. Die Sträucher werden früh kahl.
Vorbeugend pflanzen Bio-Gärtner einen Wermutbusch neben die Johannisbeeren. Spritzen Sie gefährdete Pflanzen mit Wermut-Tee oder vorbeugend öfter mit Schachtelhalm-Brühe.
Auch Zwiebelschalen-Auszug oder Rainfarn-Tee helfen gegen den Rost (alle Rezepte in der Tabelle, Seite 50).
Vorbeugend wirken auch einige im Handel erhältliche biologische Pilzpräparate (Tabelle Seite 112). Gießen Sie kranke Sträucher mit Brennessel-Jauche!

Johannisbeer-Blattlaus
Eingerollte Blätter zeigen oft, daß Blattläuse die Sträucher überfallen haben. Hier helfen alle Rezepte, die im Kapitel »Naturgemäße Mittel gegen weitverbreitete Plagen« im Abschnitt »Läuse« (Seite 65) beschrieben sind. Dazu gehören zum Beispiel: »Beißende Brennessel-Brühe«, Farnkraut-Brühe, Wermut-Tee, Quassia-Brühe oder Schmierseifen-Brühe.

Knospenfraß
Die sonst so nützlichen Vögel pikken im Frühling gern die Knospen der Beerensträucher ab. Dieses Vergnügen wird ihnen verdorben, wenn die Knospen durch einen harten Überzug geschützt werden. Überspritzen Sie die Sträucher mit Wasserglas (Rezept, Tabelle Seite 53). Auch das im Handel erhältliche »Preicobakt« hüllt die Knospen schützend ein.
Im Garten der Abtei Fulda hängt man als abschreckendes Mittel gegen die Vögel Knoblauchstückchen in die Johannisbeersträucher. Dieser interessante Tip lohnt sicher ein Experiment, auch wenn Ursache und Wirkung noch ungeklärt sind.

Johannisbeerblasenläuse sitzen auf der Unterseite der Blätter. Sie verursachen rote, aufgetriebene Blasen.

Im Blickpunkt: Ihre Lieblingspflanzen

Stachelbeer-Mehltau
Der sogenannte amerikanische Stachelbeer-Mehltau zeigt sich durch einen filzigen, weißen Belag auf den Blättern, die sich später braun färben und abfallen. Der ganze Strauch kümmert; die Früchte platzen auf und werden ungenießbar. Hochstämmchen sind weniger anfällig für diese Pilzkrankheit. Bei erkrankten Sträuchern müssen Sie die Spitzen bis ins gesunde Holz zurückschneiden. Mehltaukranke Pflanzenteile werden verbrannt!
Da die Pilze sowohl in den Triebspitzen der Pflanzen als auch in der Erde überwintern, spritzen Bio-Gärtner Farnkraut-Brühe frühzeitig über den Boden und die Pflanzen. Auch das Mulchen mit Farnkraut ist empfehlenswert.
Sie können gefährdete Sträucher auch mit einer Mischbrühe aus Schachtelhalm, Rainfarn und Brennnesseln spritzen.
Systematische biologische Pflege, eine Mulchdecke und regelmäßiger Schnitt sind die beste Vorbeugung. Wenn die Krankheit ausbricht, können Sie auch die im Handel käuflichen biologischen Pilzmittel spritzen, die Netzschwefel enthalten.

Himbeerrutenkrankheit
Diese Pilzerkrankung zeigt sich zuerst durch graue, später violettbraune Flecken. Die Rinde platzt, und die Triebe sterben ab. Alle kranken Pflanzenteile müssen radikal herausgeschnitten und verbrannt werden!
Eine leicht sauer wirkende Mulchdecke ist neben den anderen biologischen Kulturmaßnahmen die beste Vorbeugung, um den Ausbruch der Krankheit zu verhindern. Halten Sie außerdem die Pflanzung durch regelmäßigen Schnitt immer luftig. Vorbeugend und zu Beginn der Krankheit sollten Sie öfter Schach-

Stachelbeermehltau an Blättern (links) und Beeren (Mitte); Himbeerrutenkrankheit (rechts).

telhalm-Brühe spritzen. Auch eine Mischung aus Schachtelhalm und Brennesseln ist hilfreich. Spritzungen der Himbeertriebe im Herbst oder zeitigen Frühling mit den Handelspräparaten »Preicobakt« oder »Oscorna Rindenkräftigung« schützen vor dem Pilzbefall.

Gesunde Obstbäume

Die Grundlage für die Gesundheit der Obstbäume wird bereits bei der Sortenwahl gelegt. Pflanzen Sie nur solche Bäume in Ihren Garten, die im Klima Ihrer Heimat gut gedeihen. Auch die Bodenbeschaffenheit muß beachtet werden.

Im übrigen beugt ein Bio-Gärtner den meisten Krankheiten erfolgreich vor, wenn er unter seinen Obstgehölzen eine große Baumscheibe anlegt und auch die Stämme regelmäßig pflegt.
Ein Obstbaum nimmt Wasser und Nahrung über das weitverzweigte Netz seiner Saugwurzeln auf. Diese liegen in den oberen Erdschichten, während die Verankerungswurzeln tief in den Boden reichen.
Ein Gärtner, der naturgemäß arbeitet, schützt, pflegt und nährt das Wurzelsystem der Bäume. Die Ausmaße entsprechen ungefähr dem Durchmesser der Krone. Diese Fläche sollte stets offen bleiben. Man nennt sie die Baumscheibe.

Es stimmt nicht, daß Bio-Äpfel klein und verschrumpelt aussehen!

Eine gepflegte Baumscheibe wird im Herbst mit grobem Kompost und Laub abgedeckt.

Versorgen Sie diese Fläche regelmäßig mit Kompost und organischem Dünger. Danach wird die ganze Baumscheibe mit Mulchmaterial abgedeckt. Dazu eignen sich Grasschnitt, Laub, zerkleinertes Unkraut, Brennesselschnitt und so weiter. Unter dieser Decke bleibt die Erde stets feucht. Auch in heißen Sommerwochen erhält der Baum genügend Wasser und Nahrung, um die große Fülle seiner Blätter und Früchte zu versorgen. Wo keine Wachstumsstockungen und keine Mangelerscheinungen auftreten, da finden die Schädlinge keine lohnenden Ziele!

Auch eine lebendige Bodendecke aus Senfsaat, Steinklee oder Gundelreben kann ein Bio-Gärtner auf der Baumscheibe wachsen lassen. Vom Frühling bis zum Sommer wird über die Baumscheibe zusätzlich noch Pflanzenjauche aus Brennesseln oder aus einer Mischung von Brennesseln und Beinwell gegossen. Diese Flüssigdüngung nährt und kräftigt die Bäume.

Im Herbst oder im zeitigen Frühling ist die günstigste Zeit für die Stamm- und Rindenpflege. Hauptbestandteil ist eine lehmhaltige Brühe, die der Bio-Gärtner selber herstellen kann: Lehmerde oder Tonmehl werden mit Schachtelhalm-Brühe zu einer dicken Flüssigkeit verrührt. Als gesunde Zugabe kann man noch frische Kuhfladen (ohne Stroh), Algenkalk und Rainfarn-Tee daruntermischen.

Mit Hilfe eines dicken Malerquastes oder eines Handfegers wird diese Lehmbrühe über die Stämme der Obstbäume gestrichen. Sie soll ei-

nen hellen Überzug bilden. Um auch die höheren Zweige zu erreichen, muß die Flüssigkeit verdünnt werden, so daß sie durch eine grobe Düse ausgespritzt werden kann.
Im Handel sind mehrere Präparate zu kaufen, die auf einer ähnlichen Basis zusammengestellt sind, zum Beispiel »Preicobakt«, »Bio-Baumanstrich« und »Oscorna Rindenkräftigung« (siehe Tabelle Seite 11).
Der Stammanstrich schützt die Bäume vor plötzlichen Temperaturunterschieden und Frostrissen. Er heilt Wunden und glättet die Rinde. Wo die Oberfläche der Stämme nicht mehr rauh und rissig ist, da verlieren viele Schädlinge ihren Unterschlupf, vor allem über Winter.
Regelmäßiger fachmännischer Schnitt gehört schließlich auch noch zu den vorbeugenden Maßnahmen, die einen Obstbaum gesund erhalten.
Zum Schluß noch einige Bio-Tips für spezielle Notfälle:

Frostspanner
Die Raupen fressen vom Frühling bis zum Juni an Blüten, Blättern und Früchten. Die Frostspanner-Weibchen kriechen im Frühherbst an den Stämmen der Obstbäume hoch, um ihre Eier in der Rinde abzulegen. Bio-Gärtner legen ab September Leimringe um die Stämme, an denen sich die Falter fangen. Diese Ringe müssen im Frühling verbrannt werden. Vorbeugend wirkt auch der Baumanstrich.

Stammanstrich und Senf auf der Baumscheibe.

Gespinstmotten
An den Blättern von Apfel-, Quitten- und Pflaumenbäumen bilden sich feine Gespinste, in denen es von kleinen Räupchen wimmelt. Sie fressen Knospen und Blätter.

Raupen der Gespinstmotten.

Gespinst mit Raupen im Pflaumenbaum.

Zu den natürlichen Feinden zählen Vögel und Schlupfwespen. Wo ein Weißdornbusch in der Nähe wächst, da zieht er die Gespinstmotten an. Obstgehölze werden dadurch entlastet.
Schneiden Sie die Gespinste möglichst früh ab und verbrennen Sie sie. Als Spritzmittel in der Not helfen Schmierseifen-Brühe oder eine Schmierseifen-Spiritus-Mischung (Tabelle Seite 53).
Auch das im Handel erhältliche Weißöl »Promanal« können Sie benutzen (Tabelle Seite 111) als vorbeugende Winterspritzung gegen die kleinen Raupen.

Schorf
Bei dieser Pilzkrankheit erscheinen vor allem in nassen Jahren an Äpfeln und Birnen schorfige, trockene Flecken. Anfangs erkranken die Blätter, sie trocknen ein und fallen ab. Später werden auch die Früchte infiziert. Oft zeigt sich der Schaden erst richtig bei der Lagerung.
Vorbeugend wirken alle biologischen Pflegemaßnahmen. Pflanzen Sie außerdem Schnittlauch auf die Baumscheiben gefährdeter Gehölze. Stärkend und vorbeugend sind Spritzungen mit Brennessel-Jauche und Schachtelhalm-Brühe. Auch die im Handel angebotenen Präparate gegen Pilzerkrankungen können Sie benutzen (Tabelle Seite 112).

Kirschenfliege
Die Kirschenfliege ähnelt der Zimmerfliege. Ab Mitte Mai bis Juli legt sie ihre Eier in unreife Kirschen. Die

Die Schweizer Kirschenfliegenfalle.

ausschlüpfenden Maden zerfressen das Fruchtfleisch, die Kirschen faulen. Frühreifende Kirschensorten sind weniger gefährdet.
Zur Flugzeit der Kirschenfliege hängen Bio-Gärtner am besten die im Handel käufliche Kirschenfliegenfalle auf. Diese ist eine Entwicklung der Schweizer Forschungsanstalt Wädenswil. Die gelbe Farbe lockt die Insekten an. Sie bleiben dann auf den mit einem Spezialkleber bestrichenen Scheiben hängen. Die Wirkung gleicht der eines Fliegenfängers (Bezugsquelle siehe Seite 121).
Eine andere Möglichkeit: Spritzen Sie bitteren Wermut-Tee 3 Wochen nach der Blüte. Er schreckt die Kirschenfliege ab und hindert sie am Eierlegen. Später müssen Sie alle abfallenden Kirschen aufsammeln und vernichten, damit die verpuppten Maden nicht im Boden überwintern können.
Weitere Hinweise auf Obstbaum-Schäden und ihre Behandlung finden Sie in der Tabelle »Bio-Hilfe auf einen Blick« auf den folgenden Seiten.

Wenn Sie Ihren Garten konsequent und geduldig nach naturgemäßen Methoden bearbeiten, werden Sie mit der Zeit die hier beschriebenen Hilfsmittel immer weniger in Anspruch nehmen müssen. Dann stellt sich eine biologische Balance ein, die von selbst ausgleicht und heilt. Allen Anfängern, allen Gärtnern in der Zeit der Umstellung und allen, die von unvorhersehbaren oder unvermeidbaren Übeln überfallen werden, sollen die hier gesammelten Rezepte und Bio-Tips schnell und übersichtlich zur Verfügung stehen. Denn nur wer sich in der Not zu helfen weiß, der behält auch den Mut, weiter nach umweltfreundlichen, biologischen Methoden zu arbeiten. Die Natur selbst bietet dafür das beste Beispiel: Sie ist unglaublich erfinderisch, wenn es ums Überleben geht. Gärtner, die naturgemäß arbeiten, sollten genauso handeln. Übernehmen Sie dabei nicht nur die überlieferten Rezepte. Beobachten und experimentieren Sie auch selbst. Nur so werden wir alle auf die Dauer neue, wertvolle Erkenntnisse hinzugewinnen.

Bio-Hilfe auf einen Blick

Schädling/ Krankheit	So sieht der Schaden aus	Vorbeugende Maßnahmen	Bio-Pflanzenschutz für den Ernstfall	Anwendung
Älchen (Nematoden) 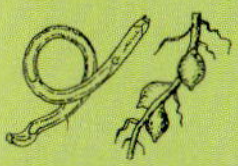	siehe »Nematoden«, Seite 13, und »Heilsame Bodenkur«, Seite 35 bis 37			
Blattfleckenkrankheit 	helle bis bräunliche Flecken auf den Blättern, die vertrocknen; gefährdete Pflanzen: Sellerie, Tomaten, Chrysanthemen		siehe Seite 87	
Blattläuse, Blutläuse 	siehe Kapitel »Läuse«, Seite 65 bis 70			
Drahtwürmer 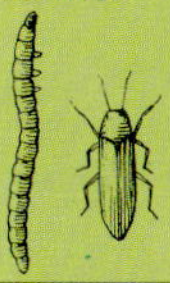	Fraßschäden an Wurzeln, Möhren und Kartoffeln; gefährdete Pflanzen: Salat	regelmäßige Bodenlockerung durch Mulch oder Harken; natürliche Feinde schonen	Salat als Fangpflanze benutzen; halbierte Kartoffeln als Fallen auslegen	welkende Salatpflanzen sofort ausgraben und die Schädlinge in den Wurzeln fangen
Erdflöhe 	zahlreiche Löcher in den Blättern; gefährdete Pflanzen: Kreuzblütler wie Kohl, Kohlrabi, Radieschen und Rettich	den Boden gleichmäßig feucht halten; Mulchen; Mischkultur mit Salat und Spinat; Algenkalk oder Gesteinsmehl streuen	bittere Kräuterbrühen aus Wermut oder Rainfarn spritzen; Pyrethrum-Mittel einsetzen	Kräuterbrühen zweimal wöchentlich spritzen bei Befall; Pyrethrum-Mittel nur im Notfall anwenden

Bio-Hilfe auf einen Blick

Schädling/ Krankheit	So sieht der Schaden aus	Vorbeugende Maßnahmen	Bio-Pflanzenschutz für den Ernstfall	Anwendung
Grauschimmel 	grauer Schimmelpilzbelag auf Blättern und Früchten, das Gewebe stirbt ab; gefährdete Pflanzen: Erdbeeren, Himbeeren, Trauben, Salat, Gurken, Geranien	Überdüngung vermeiden, für luftigen Standort sorgen, mulchen, widerstandsfähige Sorten wählen; siehe auch Seite 84 bis 85	kranke Pflanzenteile vernichten; mit Schachtelhalm-Brühe spritzen; Handelspräparate: Bio-S, Bio-Blatt, Oscorna-Pilzvorbeuge, Algen-Produkte	alle Mittel möglichst bereits vorbeugend anwenden
Kartoffelkäfer 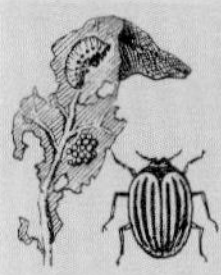	kahlgefressene Blätter; gefährdete Pflanzen: Kartoffeln, seltener auch Tomaten	alle naturgemäßen Kulturmaßnahmen, die die Pflanzen stärken	bei geringem Befall Käfer absammeln; Blätter mit Algenkalk oder Gesteinsmehl überstäuben; mit Brennessel-Jauche gießen; Spruzit-Staub pudern	Vorbeugung genügt in der Regel; Spruzit nur im Notfall verwenden
Kohlfliege 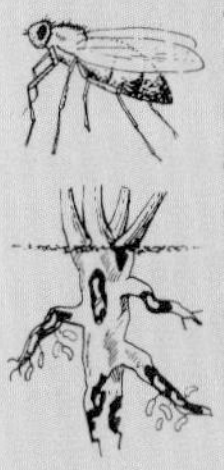	Maden fressen an Wurzeln und Stengeln, Blätter sterben ab; gefährdete Pflanzen: Kohlgewächse, Rettiche	Flugzeit der Kohlfliege meiden beim Pflanzen (Ende April bis Anfang Mai); tief pflanzen; Mischkultur mit Tomaten; Kohlkragen anlegen; Gesteinsmehl, Algenkalk, Holzasche streuen; Bio-Gemüse-Streumittel	Schmierseifen-Brühe spritzen	vorbeugende Maßnahmen helfen am besten; Schmierseifen-Brühe direkt bei Befall anwenden

Bio-Hilfe auf einen Blick

Schädling/ Krankheit	So sieht der Schaden aus	Vorbeugende Maßnahmen	Bio-Pflanzenschutz für den Ernstfall	Anwendung
Kohlhernie 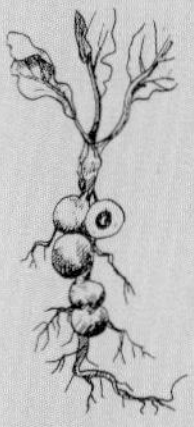	knotige Wucherungen an den Wurzeln; gefährdete Pflanzen: Kohlgewächse, Radieschen, Rettich	Kalken; Boden lockern: Mischkultur; Lauch oder Zwiebeln als Vorkultur pflanzen; Schachtelhalm-Brühe oder Bio-S spritzen	kranke Pflanzen unbedingt verbrennen; bei starkem Befall mehrjährigen Fruchtwechsel einschalten; kalken	am besten vorbeugend arbeiten; Kalk wirkt auch direkt, da die Kohlhernie von kalkempfindlichen Algenpilzen ausgelöst wird
Kohlweißlings-Raupen 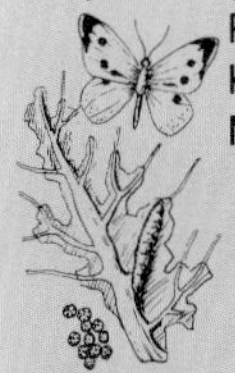	abgefressene Blätter; gefährdete Pflanzen: Kohlarten, Meerrettich	Mischkultur mit Tomaten und Sellerie; Wermut-Tee spritzen; Algenkalk stäuben	bei geringem Befall Raupen ablesen; Schmierseifen-Lösung, Pyrethrum-Mittel spritzen oder Dipel anwenden	nur bei starkem Befall die tödlichen Spritzmittel direkt auf die Raupen sprühen
Kraut- und Knollenfäule 	braune Flecken auf Blättern und Stengeln; das Kraut stirbt ab; eingesunkene Flecken auf Kartoffelknollen, Fäulnisbildung; bei Tomaten dunkle Flecken, verhärtete Früchte; gefährdete Pflanzen: Kartoffeln, Tomaten, Paprika		siehe Seite 87 bis 88	

Bio-Hilfe auf einen Blick

Schädling/ Krankheit	So sieht der Schaden aus	Vorbeugende Maßnahmen	Bio-Pflanzenschutz für den Ernstfall	Anwendung
Lauchmotte 	Fraßgänge in den Blättern und im Inneren der Pflanze; gefährdete Pflanzen: Lauch, Zwiebeln	Mischkultur mit Möhren und Sellerie; Schachtelhalm-Brühe spritzen	kranke Lauchpflanzen zurückschneiden, sie wachsen gesund nach; Rainfarn-Tee oder Pyrethrum-Mittel spritzen	zuerst alle Kräuterpräparate und »Handarbeit« anwenden; Pyrethrum nur bei starkem Befall
Mehltau, Echter 	siehe Kapitel »Mehltau«, Seite 74 bis 76			
Möhrenfliege 	rotbraune Fraßgänge in den Wurzeln, die Blätter sterben ab; gefährdete Pflanzen: Möhren, Petersilie	Mischkultur mit Zwiebeln, Lauch, Schnittlauch; luftige Pflanzung; keine Mistdüngung; frühe Aussaat; Bio-Gemüse-Streumittel	mit stark duftenden Kräuter-Tees oder Knoblauch-Zwiebel-Brühe spritzen; Etermut streuen	Knoblauch-Zwiebel-Brühe über aufgehende Saat gießen; Etermut von Mitte Mai bis August alle 2–3 Wochen
Monilia 	Früchte trocknen wie Mumien ein; Zweige verdorren; gefährdete Pflanzen: Kern- und Steinobst	Meerrettich auf die Baumscheiben pflanzen; Spritzen mit Wasserglas, Bio-S oder Artana	alle kranken Pflanzenteile sofort verbrennen, damit der Pilz sich nicht weiter ausbreitet	am besten in nassen Jahren vorbeugend spritzen
Obstmade (Apfelwickler) 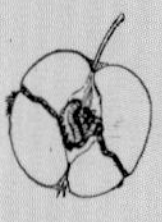	Eiablage auf den Früchten, später Madengänge im Fruchtfleisch; gefährdete Pflanzen: Apfelbäume	Nützlinge schonen; Rindenpflege; Spritzen mit Wermut- oder Rainfarn-Tee, der Geruch irritiert die Insekten; Fallobst sammeln	Schmierseifen-Brühe oder Pyrethrum-Mittel spritzen	nur bei starkem Befall die tödlichen Mittel einsetzen

Bio-Hilfe auf einen Blick

Schädling/ Krankheit	So sieht der Schaden aus	Vorbeugende Maßnahmen	Bio-Pflanzenschutz für den Ernstfall	Anwendung
Rost 	siehe Säulchenrost, Seite 95; Rosenrost, Seite 81			
Rutenkrankheit 	siehe Seite 96 bis 97			
Schnecken  	siehe Kapitel »Schnecken«, Seite 60 bis 65			
Spinnmilben 	feines Gespinst auf der Blattunterseite und kleine weiße Flecken; gefährdete Pflanzen: Erdbeeren, Bohnen, Gurken, Chrysanthemen, Gewächshaus-Kulturen	natürliche Feinde sind Raubmilben und Wanzen; bei Erdbeeren Mischkultur mit Zwiebeln, Knoblauch oder Lauch; Spritzen mit Schachtelhalm-Brennessel-Brühe; Rainfarn- oder Wermut-Brühe versprühen; Gewächshäuser lüften	Pyrethrum-Präparate	nur bei starkem Befall die Handelspräparate anwenden
Weiße Fliege 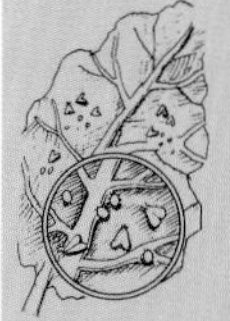	weiße, geflügelte Insekten auf der Blattunterseite; gefährdete Pflanzen: Tomaten, Gurken, Kohl, Zierpflanzen, besonders Gewächshauskulturen	für gute Durchlüftung sorgen	mit Brennessel-Kaltwasser-Auszug oder Pyrethrum-Mitteln spritzen	bei direkter Abwehr unbedingt mehrmals hintereinander spritzen im Abstand von 10 Tagen
Wühlmaus 	siehe Kapitel »Wühlmaus«, Seite 70 bis 74			

Käuflicher Bio-Pflanzenschutz

Die Idee des naturgemäßen Gärtnerns bedeutet keinen Rückschritt zu veralteten Anbau-Methoden. Hier gilt nicht das Motto »Zurück zur Natur«, sondern der aktive Wahlspruch »Vorwärts zur Natur«. Deshalb ist die »Bio-Szene« ständig in Bewegung. Neue Geräte, Bodenverbesserungsmittel und natürliche Pflanzenschutz-Präparate werden in Bio-Spezialgeschäften und im örtlichen Fachhandel angeboten.

Diese Entwicklung ist sicher begrüßenswert, solange es sich um solide Produkte handelt, die wirklich einen Fortschritt oder ein brauchbares Hilfsmittel für Bio-Gärtner bedeuten. Andererseits ist die Gefahr groß, daß sich von der »Bio-Welle« geschäftstüchtige Mitläufer hochtragen lassen, die vor allem ihre eigenen Schäfchen ins Trockene bringen möchten.

Vor allem für Neulinge unter den naturgemäß Gärtnernden ist es oft schwierig, seriöse Angebote von »grünem Schnickschnack« zu unterscheiden. Ihnen soll die folgende Tabelle einen Überblick über diejenigen Firmen und ihre Produkte bieten, die nicht nur biologische Mittel verkaufen, sondern auch die Idee und das Anliegen des naturgemäßen Gartens fördern möchten. In diesen Häusern wird auch Forschung betrieben, wird praktisch experimentiert, werden neue Entwicklungen in Gang gesetzt.

Alte Hasen unter den Bio-Gärtnern wenden manchmal ein: Wozu sollen wir Geld für teure Produkte ausgeben?! Wir wollen möglichst alles selber herstellen. Diese Einstellung kann wohl nur von »echten Grünen« in die Tat umgesetzt werden. Es ist richtig, daß viele Spritzmittel im eigenen Garten hergestellt und zahlreiche gesunde Nahrungsquellen für Pflanzen selbst erschlossen werden können. Dafür braucht ein Gärtner aber Zeit, einen größeren Garten und eine gute Portion Erfahrung. Wenn er als »ökologischer Selbstversorger« Erfolg hat, so ist seine Unabhängigkeit und seine Naturverbundenheit ebenso beglükkend wie wirtschaftlich.

Eine große Zahl von »normalen« Kleingärtnern aber, die nichts weiter suchen als einen möglichst natürlichen Garten, möglichst ohne Gift, benötigt ein Mindestmaß an Hilfs-

mitteln. Vor allem auf kleinen Stadtgrundstücken lassen sich manche biologischen Maßnahmen nur schwer verwirklichen. Da wächst kein Schachtelhalm in der Nähe; da gibt es auch keinen Lehm und keine Kuhfladen zum Anrühren einer eigenen Pflegebrühe. Für diese Gärtner ist es wichtig, geeignete Präparate auf möglichst unkompliziertem Weg kaufen zu können. Deshalb ist es auch begrüßenswert, daß ein Teil der guten Bio-Produkte jetzt im örtlichen Fachhandel angeboten wird (siehe Bezugsquellen Seite 121).
Einige Spezial-Präparate sind so differenziert zusammengestellt, daß ein Privatgärtner sie nicht »in Eigenbau« herstellen könnte. Hier sollte er sich die oft langjährigen Forschungsergebnisse biologischer Spezialisten zunutze machen.
Noch ein Gedanke scheint mir in diesem Zusammenhang wichtig: In den Regalen der Samenfachhändler steht jetzt an vielen Orten eine »biologische Alternative«. So braucht ein Bio-Gärtner nicht in Notfällen zu einem giftigen Mittel zu greifen, nur weil er nichts anderes bekommt. Dies ist vor allem für Anfänger wichtig. Wer auf die Dauer beim naturgemäßen Garten bleiben soll, der darf sich in schwierigen Situationen nicht im Stich gelassen fühlen.
Die folgende Tabelle enthält nur seriöse und empfehlenswerte Produkte. Sie bietet einen vielseitigen Überblick. Jeder Gärtner kann danach entscheiden, welches Präparat er im Ernstfall wirklich benötigt. Die Handelsprodukte sollen als Ergänzung zum »hausgemachten Pflanzenschutz« dienen.

Käuflicher Bio-Pflanzenschutz

Bio-Mittel zur Abwehr von Insekten und anderen Tieren	Wirkung	Inhaltsstoffe	Firma/Bezugsquelle
Bio-Myctan	kombiniertes Präparat gegen Blattläuse, Weiße Fliege, Spinnmilben, Zikaden und Echten Mehltau an Zierpflanzen	Pyrethrum-Blütenextrakt, Piperonylbutoxid (ein organischer Stoff, gewonnen aus Sassafras-Gras, der als Katalysator die Wirksamkeit des Pyrethrums erhöht), Netzschwefel	Neudorff
Dipel	Spritzpulver gegen Raupen, außer gegen Nonnen- und Eulenraupen	Bakterienpräparat *(Bacillus thuringiensis)*, in Pulverform	E. O. Cohrs
ECO-Ameisenstreumittel	Vertreibung (keine Vernichtung) von Ameisen	auf Kräuter- und Phytonzid-Basis	E. O. Cohrs
Etermut	Abwehr von Möhrenfliegen und anderen Gemüsefliegen	ätherische Duftstoffe verschiedener Wildkräuter auf Phytonzid-Basis	E. O. Cohrs
Fix-Fertig-Raupenleimringe	Abwehr von Frostspanner-Weibchen	Naturharz	Dr. Propfe/ Neudorff
Insektenschutz	gegen saugende Insekten wie Blattläuse, Schildläuse, Schmierläuse, Sitka-Fichtenlaus, Weiße Fliege	Pyrethrum-Extrakt, Piperonylbutoxid (ein organischer Stoff, gewonnen aus Sassafras-Gras, der als Katalysator die Wirksamkeit des Pyrethrums erhöht)	Oscorna

Käuflicher Bio-Pflanzenschutz

Bio-Mittel zur Abwehr von Insekten und anderen Tieren	Wirkung	Inhaltsstoffe	Firma/Bezugsquelle
Kirschfliegenfalle (Rebell®-Fruchtfliegenfalle)	gegen Kirschenfliegen	Leimfolien mit gelber Lockfarbe	Eidgenössische Forschungsanstalt für Obst-, Wein- und Gartenbau, Wädenswil; in Deutschland: Bio-Gartenmarkt Keller, Freiburg
Promanal	zur Winterspritzung gegen Eier und Larven von Blattläusen, Blutläusen, Schildläusen, Apfelblattsaugern, Gespinstmotten, Frostspannern, Rote Spinne	Weißöl (Paraffinöl)	Neudorff
Quiritox	gegen Wühlmäuse	Pflanzenwurzeln, Johannisbrot, Cumarin	E. O. Cohrs/Neudorff
Spruzit flüssig	gegen Blattläuse, Apfelblattsauger, Sitka-Fichtenlaus, Fraßkäfer, Kohlraupen, Erdflöhe, Erdbeerstecher, Apfelblütenstecher, Spinnmilben	Pyrethrum-Blüten-Extrakt, Piperonylbutoxid (ein organischer Stoff, gewonnen aus Sassafras-Gras, der als Katalysator die Wirksamkeit des Pyrethrums erhöht)	Neudorff
Spruzit Gartenspray	gegen Blattläuse, Schildläuse, Schmierläuse, Weiße Fliege, Thrips, Spinnmilben	Pyrethrum-Blüten-Extrakt, Piperonylbutoxid (ein organischer Stoff, gewonnen aus Sassafras-Gras, der als Katalysator die Wirksamkeit des Pyrethrums erhöht), Naturtreibgas	Neudorff

Käuflicher Bio-Pflanzenschutz

Bio-Mittel zur Abwehr von Insekten und anderen Tieren	Wirkung	Inhaltsstoffe	Firma/Bezugs-quelle
Spruzit Staub	Stäubemittel gegen Kartoffelkäfer, Kartoffelkäferlarven, Erdflöhe, Blattläuse	Pyrethrum-Blüten-Extrakt, Piperonylbutoxid (ein organischer Stoff, gewonnen aus Sassafras-Gras, der als Katalysator die Wirksamkeit des Pyrethrums erhöht)	Neudorff

Bio-Mittel zur Abwehr von Pilzkrankheiten	Wirkung	Inhaltsstoffe	Firma/Bezugs-quelle
Artanax	stärkt allgemein die Widerstandskraft gegen Pilzerkrankungen und Schadinsekten	auf Phytonzid-Basis zusammengestellt aus Wildkräutern, u. a. Rainfarn, Zwiebelschalen, Meerrettich, sowie Naturmineralien und wenig Netzschwefel	E. O. Cohrs
Bio-Blatt	wirkt direkt gegen Echten Mehltau an Rosen und anderen Zierpflanzen, kann bei Befall gespritzt werden; stärkt die Widerstandskraft von Gurken und Stachelbeeren gegen Echten Mehltau	Pflanzenöl aus Sojabohnen (rein pflanzliches Fungizid, zugelassen von der Biologischen Bundesanstalt)	Neudorff

Käuflicher Bio-Pflanzenschutz

Bio-Mittel zur Abwehr von Pilzkrankheiten	Wirkung	Inhaltsstoffe	Firma/Bezugsquelle
Bio-Myctan	kombiniertes Präparat, wirkt gegen Mehltau an Rosen und gegen Blattläuse, Zikaden und Weiße Fliege	Pyrethrum-Blüten-Extrakt, Piperonylbutoxid (ein organischer Stoff, gewonnen aus Sassafras-Gras, der als Katalysator die Wirksamkeit des Pyrethrums erhöht), Netzschwefel	Neudorff
Bio-S	wirkt allgemein stärkend gegen Pilzerkrankungen, u.a. bei Mehltau, Rost, Braunfäule und Monilia; besonders im Obstbau gegen Schorf	Kräuterpräparat u.a. aus Brennesseln, Schachtelhalm, Zwiebelgewächsen, außerdem Netzschwefel	E. O. Cohrs
Buchenholz-Kohlengries	pilz- und fäulnishemmend	kali- und kalkhaltige Holzkohle	E. O. Cohrs
ECO-Erdbeerspritzmittel	wirkt vorbeugend gegen Grauschimmel und Fruchtfäule bei Erdbeeren	Kieselpräparat	E. O. Cohrs
ECO-Schachtelhalmpulver/Schnitt	allgemein vorbeugend gegen Pilzerkrankungen	getrocknete Schachtelhalm-Droge	E. O. Cohrs
Equisan	vorbeugend gegen Pilzerkrankungen, kräftigt und fördert den Pflanzenwuchs	Heil- und Wildkräuterkonzentrat mit Kieselsäure und Schwefelverbindungen	E. O. Cohrs

Käuflicher Bio-Pflanzenschutz

Bio-Mittel zur Abwehr von Pilzkrankheiten	Wirkung	Inhaltsstoffe	Firma/Bezugsquelle
Pilzvorbeuge	stärkt die Widerstandskraft gegen Mehltau, Rost, Schorf, Sternrußtau und andere Pilzkrankheiten	verschiedene Heilkräuter, Naturmineralien, Schwefel	Oscorna
Rosen-Myctan	kombiniertes Präparat gegen Mehltau an Rosen, außerdem gegen Blattläuse, Zikaden, Spinnmilben an Rosen und Zierpflanzen	Pyrethrum-Blüten-Extrakt, Piperonylbutoxid (ein organischer Stoff, gewonnen aus Sassafras-Gras, der als Katalysator die Wirksamkeit des Pyrethrums erhöht), Netzschwefel	Neudorff
Schachtelhalm-Extrakt	stärkt die Widerstandskraft gegen Pilzerkrankungen	flüssiger Extrakt aus Schachtelhalm	Neudorff
SPS	vorbeugend gegen Pilz- und Viruserkrankungen	Wildkräuter-Konzentrat u. a. aus Hahnenfußgewächsen	E. O. Cohrs

Bio-Mittel zur Pflanzenstärkung und Pflege	Wirkung	Inhaltsstoffe	Firma/Bezugsquelle
Algifert, Spritzpulver und Flüssigextrakt	stärkt Pflanzen gegen Schadinsekten, Pilz- und Viruserkrankungen	Konzentrat aus Nordmeeralgen, über 60 verschiedene Spurenelemente	E. O. Cohrs
Bio-Baumanstrich	schützt das Rindengewebe, fördert glatte Rindenbildung, beugt Schädlingsbefall und Frostrissen vor	Tonmineralien, Kalk, Kieselsäure, Kräuterextrakte, Spurenelemente, Haftmittel	Neudorff

Käuflicher Bio-Pflanzenschutz

Bio-Mittel zur Pflanzenstärkung und Pflege	Wirkung	Inhaltsstoffe	Firma/Bezugsquelle
Bio-Gemüsestreumittel	stärkt allgemein die Widerstandskraft gegen Schädlinge und Krankheiten	Kieselsäure, Kräuter, ätherische Öle	Neudorff
Brennessel-Pulver	kräftigt, als Brennessel-Jauche angesetzt, allgemein die Widerstandskraft	getrocknete Brennnessel-Droge	Neudorff
ECO-Brennnesselpulver	kräftigt, als Brennessel-Jauche angesetzt, allgemein die Widerstandskraft	getrocknete Brennnessel-Droge	E. O. Cohrs
ECO-min	wirkt vorbeugend gegen Pilzerkrankungen und Schadinsekten	Silicium, Spurenelemente, verschiedene Naturmineralien	E. O. Cohrs
ECO-Rosenpflegemittel	die Widerstandskraft stärkende Blattdüngung für Rosen	Flüssigextrakt aus Nordmeer-Algen und Wildkräutern	E. O. Cohrs
Pflanzenstärkung	stärkt allgemein Wachstum und Widerstandskraft, festigt das Gewebe	Heilpflanzenauszüge, Meeresalgen, Hefen, Reifekompost, organische Düngemittel	Oscorna
Polymaris universal	stärkt allgemein Wachstum, Widerstandskraft und die Zellbildung	Heil- und Wildkräuter, Nordmeeralgen, organische Düngemittel	E. O. Cohrs
Preicobakt	Rindenpflege, zellstärkend, vorbeugend gegen Schädlinge und Frostrisse; verhindert Knospen- und Rindenschäden durch Vögel und Wild	pflanzlich-mineralische Natursubstanzen, u. a. Kieselsäure, Tonerden, Pflanzendrogen, Tiergalle	E. O. Cohrs

Käuflicher Bio-Pflanzenschutz

Bio-Mittel zur Pflanzen-stärkung und Pflege	Wirkung	Inhaltsstoffe	Firma/Bezugs-quelle
Rinden-kräftigung	Rindenpflege, Schutz vor Frostrissen, stärkt die Abwehrkraft gegen Schädlinge, Pilzerkrankungen, Bakterien- und Viruserkrankungen	Tonminerale, Kalk, Kieselsäure, Kräuter, organische Düngemittel	Oscorna
Rosen-stärkung	allgemeine Stärkung der Widerstandskraft	Heilpflanzen, Meeresalgen, Hefen, Reifekompost, organische Düngemittel	Oscorna
Tannalgin	wachstumsfördernd und vorbeugend gegen Pilzerkrankungen und Insektenbefall bei Koniferen, Rhododendren und anderen immergrünen Gewächsen	flüssiges Konzentrat aus Algen und Kräutern	E. O. Cohrs
Wurzel-stärkung	erhöht die Widerstandskraft gegen Pilzinfektionen und Viruserkrankungen, fördert Wurzelbildung, Keimung und Anwachsen	Wildkräuter-Auszüge, Knoblauch, Zwiebeln	Oscorna

Siegen ohne Krieg

Jeder Gärtner, der guten Willens ist und ein wenig Geduld aufbringt, kann seine Pflanzen mit naturgemäßen Mitteln gesund und (fast) schädlingsfrei erhalten. Die notwendigen Hilfsmittel haben Sie in diesem Buch kennengelernt.
Wichtig für eine Umstellung des Gartens ist aber nicht nur der Wechsel zu biologischen Methoden. Auch innerlich muß mancher Gärtner eine Kehrtwende machen. Wir alle leben in einer Zeit, in der es leicht ist, mit einem Knopfdruck oder einer Pille rasche Veränderungen zu verursachen. Unannehmlichkeiten werden sofort beseitigt. Geduld für langsame Umwandlungen erscheint manchem als Schwäche. An solche »Zumutungen« muß sich ein Bio-Gärtner gewöhnen. Seine Ergebnisse sind dafür dauerhafter als schnelle Augenblickserfolge.
Der Umgang mit Pflanzen ähnelt manchmal der Erziehung von Kindern. Wenn ein Erwachsener ein ungehorsames Kind schlägt, dann hat diese schnelle, harte Reaktion meistens im Augenblick Schrecken und »Respekt« zur Folge. Der kleine Mensch wird sich äußerlich hüten, seine »böse Tat« in der nächsten Zeit zu wiederholen. Wird er das Unrecht aber auch innerlich einsehen? Vielleicht wird er beim nächsten Mal nur trotziger und raffinierter handeln.
Wenn dagegen Eltern ihrem Kind erklären, warum es anders und besser handeln soll, dann brauchen sie

Siegen ohne Krieg

dafür viel mehr Zeit und Geduld. Auf die Dauer aber werden sie dabei die Einsicht und das Vertrauen ihres Kindes gewinnen. Dann ist eine feste, gesunde Basis im Verhältnis von Erwachsenen und Kindern gelegt. Mit der Zeit wird das Zusammenleben dann immer leichter. Die ganze Familie erntet die Früchte von Geduld und Einsicht.

Im Garten kann ein Gärtner Pflanzen und Tiere ebenfalls schnell »zur Raison bringen«, wenn er bei einer Läuseinvasion rasch mit Gift spritzt. Äußerlich ist der Spuk dann in wenigen Minuten vorbei. Die heimlichen Folgen aber werden sich dann noch lange bösartig bemerkbar machen.

Versucht der Gärtner dagegen die Ruhe zu bewahren und zunächst einmal zu überlegen, warum konnte dieses »Unglück« geschehen, dann gewinnt er wichtige Einsichten in die tieferen Zusammenhänge. Er wird geduldig und nicht kurzsichtig handeln.

Diese innere Ausgeglichenheit sollte in jedem Bio-Gärtner wachsen. Nur dann wird er eine echte biologische Balance auch im Garten gewinnen. Ziehen Sie also in Ihrem kleinen grünen Reich niemals in den Krieg. Die Sanftmütigen und Friedfertigen bleiben immer die Stärkeren – auch wenn es vorübergehend nicht so aussieht. Durch Zorn und Feindschaft ist noch nie etwas zum Besseren gewendet worden in der Welt. Auch im Garten sollten Sie deshalb nicht blind kämpfen, sondern überlegt und zielbewußt handeln. Der wirkliche Sieg – ein gesunder Garten, der immer weniger Schädlings- und Krankheitsabwehr benötigt – gehört auf die Dauer denen, die geduldig und naturgemäß handeln.

Bezugsquellen

Bio-Spezialfirmen mit Postversand

Ernst-Otto Cohrs
Lebensfördernde Pflegemittel für Boden, Pflanze und Tier
Postfach 1165
2130 Rotenburg/Wümme

Bio-Gartenmarkt Keller
Konradstraße 17
7800 Freiburg i. Br.

Stoeckler Bio Agrar AG
Bioschredder, biologisches Pflanzenschutz- und Pflegeprogramm
Gewerbestraße 18
CH-8132 Egg/Zürich

Versandfirmen mit Bio-Programm

Blumen Horstmann
Postfach 540
2200 Elmshorn

Dehner
Alles für den Garten
8852 Rain am Lech

J. Lambert & Söhne
Postfach 2565
5500 Trier

Samen Mauser
Zürichstraße 98
CH-8600 Dübenhorst/Zürich

Samen Schmitz
Viktualienmarkt 5
8000 München 2

Gärtner Pötschke
Postfach 2220
4044 Kaarst 2

Biologische Pflanzenschutz- und Pflegemittel, die im örtlichen Samenfachhandel erhältlich sind

Die Biologischen von Neudorff
W. Neudorff GmbH KG
Postfach 1209
3245 Emmerthal 1

Ledax Gartenbausystem
Ledona AG
CH-6030 Ebikon

Oscorna –
Biologische Pflanzenpflege
Corna Werk
Postfach 4267
7900 Ulm

Sperli-Bodenkur
Carl Sperling & Co.,
Pflanzenzüchter
Postfach 2640
2120 Lüneburg

Register

Zahlen in Fettdruck bedeuten Hauptverweisung, Sternchen (*) hinter der Seitenzahl verweisen auf Abbildungen, T hinter der Seitenzahl verweist auf eine Tabelle.

Register

Register

Weitere Bücher von Marie-Luise Kreuter:

Der Bio-Garten

Dieses Grundlagenbuch für den biologischen Gartenbau vermittelt das Wesen der naturgemäßen Methode. Im Praxisteil findet man grundlegende Gartenarbeiten und Themen wie Kompost, Mulchen, Fruchtwechsel und Mischkulturen, biologischer Pflanzenschutz und naturgemäße Düngung. Die beiden Hauptteile »Nutzgarten« und »Ziergarten« enthalten Anleitungen zu Aussaat, Pflanzung, Pflege und Ernte und nennen geeignete Sorten.

6. Auflage, 400 Seiten, 129 Farbfotos, 32 s/w-Fotos, 269 Zeichnungen

BLV Garten- und Blumenpraxis 318

1 × 1 des Bio-Gärtnerns

Kurz, prägnant und praxisnah führt die Autorin in die wesentlichen Grundlagen des Bio-Gärtnerns ein. Sie vermittelt Verständnis für die »biologische« Arbeitsweise und behandelt die zentralen Themen wie Kompostieren, Mulchen, Düngung, Fruchtwechsel, Mischkultur und naturgemäßer Pflanzenschutz. Welche Methoden und Verfahren sich für bestimmte Pflanzen und Gartenbereiche eignen, wird leicht verständlich dargestellt und durch exakt auf den Text abgestimmte Farbfotos verdeutlicht.

2. Auflage, 127 Seiten, 151 Farbfotos, 1 s/w-Foto, 1 Zeichnung

BLV Garten- und Blumenpraxis 320

Der naturgemäße Kräutergarten

Praktische Anleitungen und zahlreiche Farbfotos zeigen, wie man einen Kräutergarten richtig anlegt. Eingeteilt nach ein-, zwei- und mehrjährigen Kräutern sind alle Gewürz- und Heilkräuterarten, ihre Herkunft, die Kulturansprüche, notwendige Pflegemaßnahmen sowie Ernte und Verwendungsmöglichkeiten vorgestellt.

128 Seiten, 136 Farbfotos, 2 s/w-Fotos

Kräuter + Gewürze aus dem eigenen Garten

Alle, die frische Kräuter aus dem eigenen Garten mögen, finden wichtige Hinweise für die Auswahl des Standortes, für Bodenvorbereitung, Düngung, Aussaat, Pflanzung und Pflege. Die Pflanzen sind in Zeichnungen oder Fotos abgebildet, die Beschreibungen informieren über Merkmale, Anbau, Pflege, Ernte und Verwendungsmöglichkeiten. Vorschläge für die Gestaltung des Kräutergartens mit einer Reihe reizvoller Varianten – auch in Töpfen, Pflanzgefäßen oder Balkonkästen – runden den Gartenberater ab.

3. Auflage, 160 Seiten, 25 Farbfotos, 20 s/w-Fotos, 140 Zeichnungen